Christophe Lambert

# MERLIN et son CHAT

W0362777

Illustrations de
Florent Sacré

Mon Marque-Page +
Didier Jeunesse

*À Maousse, ma boule de poils préférée...*

## Chapitre 1
# Une amitié de longue date

Clang ! Clang !

Le bruit des épées qui s'entrechoquent résonne dans la salle d'entraînement, et les deux combattants occupés à se taper dessus ne font pas semblant.

– Allez, du nerf, Perceval ! crie le plus grand des deux hommes.

Il s'agit du célèbre roi Arthur. Ce dernier n'est pas aussi rapide que du temps de sa jeunesse (et ses kilos ne sont pas aussi bien répartis qu'autrefois), mais il a encore de la poigne. Il tient avec force Excalibur, la fameuse épée grâce à laquelle il est devenu roi, le jour où il l'a retirée de son rocher. Excalibur est une arme redoutable, très tranchante, mais si lourde qu'on doit la soulever à deux mains pour frapper. En face d'Arthur, son fidèle compagnon Perceval, plus petit et plus mince, esquive les coups plus qu'il ne les donne. Il se déplace avec agilité d'un bout à l'autre de la salle, dont les murs sont décorés de grands tableaux et de tapisseries à la gloire du roi et de ses chevaliers. Sur une toile, on peut voir Galahad, surnommé «le Preux» à cause de son courage sans pareil; plus loin, son père, Lancelot, est dessiné vêtu d'une armure blanche et scintillante, symbole de pureté; et là, sur cette fresque représentant la quête du Graal, Perceval brandit la coupe sacrée en signe de triomphe. Et puis il y a aussi Yvain, le chevalier au lion, Bohort, Érec, Dagonet et tous les autres… Quelle belle assemblée de héros!

Une porte s'ouvre et voilà qu'un vieillard appuyé sur une canne fait son entrée. Sa barbe blanche tire-bouchonne jusqu'à la cordelette serrant sa longue tunique à la taille. Il porte un chapeau

dont le bout pointu s'affaisse mollement. Sur son épaule se tient un gros matou ronronnant.

– Ah, Merlin, enfin tu viens me voir ! s'exclame Arthur.

Il arrête de se battre pour saluer gaiement le nouveau venu. Le roi est barbu, lui aussi, mais ses poils ne sont pas encore couleur de neige, contrairement à ceux de son vieil ami. Les deux hommes se connaissent depuis fort fort longtemps. Magicien très puissant, Merlin est aussi (et surtout) un conseiller sage et avisé. Il a aidé Arthur à accéder au pouvoir, à trouver une épouse (la belle Guenièvre), à bâtir le château de Camelot, la Table ronde… Bref, Merlin est indispensable aux yeux du roi.

– Alors, mon ami, où étais-tu ? tonne celui-ci en serrant le vieillard dans ses bras. Encore niché au sommet de ta tour, en train de concocter potions et sortilèges ?

– Un magicien ne cesse jamais d'apprendre, répond Merlin, malicieux.

Arthur recule et montre le chat de la pointe de son épée.

– Je vois que cette boule de poils ne te quitte plus.

Se sentant menacé (voire insulté ?), le félin crache, poils hérissés.

– J'apprécie la compagnie d'Archimède, reconnaît Merlin en caressant son chat pour le calmer.

– Ha ha ha ! (Arthur secoue la tête.) Prends garde : tu deviens comme ces vieilles femmes gagas de leur matou !

Redevenu sérieux, le roi lance, le visage grave :

– Ce n'est pas pour discuter d'animaux domestiques que je t'ai convoqué.

– Je t'écoute, mon roi.

Les deux hommes marchent jusqu'à un banc avant de s'asseoir. Le gros ventre d'Arthur tressaute à chaque mouvement.

# Chapitre 1

– Tu sais que de grandes négociations se dérouleront, très bientôt, sous ce toit, n'est-ce pas ? demande le roi.

– Oui, bien sûr. Avec les émissaires du royaume du Nord, c'est ça ?

– Tout à fait. Leur ambassadeur doit arriver demain à Camelot pour discuter de nouveaux traités commerciaux entre nos deux pays. Les gens du Nord sont réputés durs en affaires, mais surtout fiers et colériques. Quelle attitude me conseilles-tu, mon ami ? La souplesse ou la fermeté ?

Merlin gratte sa longue barbe.

– La souplesse, cela va de soi… Il faut toujours rester souple, d'esprit comme de corps. Tu verras, quand tu auras mon âge, tu regretteras le temps où cette capacité te paraissait acquise !

Arthur tape sur l'épaule du magicien, ce qui fait fuir le chat Archimède.

– Tu es la sagesse personnifiée, vieille branche. Je ne sais pas ce que je ferais sans toi.

– Des bêtises, à n'en point douter, hé hé !

Pendant ce temps, à l'autre bout de la grande salle, le chevalier Perceval a commencé à astiquer son épée. Chaque fois qu'il bouge celle-ci, la lame renvoie un reflet sur les murs. Archimède, comme fou, fait des bonds et essaie d'attraper l'éclat lumineux. Merlin s'amuse de l'excitation de son chat, quand, soudain, on frappe à la porte.

– Entreeez ! rugit Arthur.

Apparaît un petit homme maigrichon qui tient un rouleau parcheminé sous le coude.

Arthur glisse à l'oreille de son conseiller :

– Voilà mon clerc comptable… Pfff, la peste soit de ces bougres-là.

– Mes respects, Sire, fait le petit homme en s'inclinant. Je viens vous voir au sujet du banquet et du grand tournoi…

– Eh bien, parle !

– J'ai calculé le coût de ces deux manifestations et, ma foi, il sera très élevé. Or, il ne reste pas grand-chose dans les caisses du royaume. Ce tournoi, par exemple… A-t-il besoin de durer une semaine, avec toutes les festivités qui vont avec ?

Arthur marmonne :

– Ce n'est pas le moment de se montrer radin. Nous devons afficher notre puissance face à nos voisins du Nord. Nous devons leur en mettre plein la vue… Et puis rien de tel qu'un tournoi pour divertir la foule. « Du pain et des jeux », voilà ce que veut le peuple. Les Romains l'avaient bien compris, avec leurs combats de gladiateurs et d'animaux… Qu'est-ce que tu en dis, Merlin ?

Mais le conseiller royal n'écoute plus. Il regarde Archimède, qui s'est approché d'une armure vide équipée d'une grosse boule hérissée de piquants. Le chat donne des coups de plus en plus énervés sur la boule, qui se balance de plus en plus en vite au bout de sa chaîne… jusqu'au moment où elle revient avec force. L'animal saute de côté en miaulant pour éviter d'être blessé.

– Maoooww !

– Attention, Archie ! le gronde son maître. Tu vas te faire mal !

Il se précipite et prend le matou dans ses bras.

– As-tu encore besoin de moi, Arthur ? lance-t-il.

– Pas pour le moment. Je dois reprendre l'entraînement. Que serait un tournoi royal sans la participation du roi, hein ?

– Sois prudent quand même, tu n'es plus tout jeune !

– Et c'est toi qui me dis ça, vieux brigand ? Ha ha ha !

Les deux amis se donnent encore une fois l'accolade, puis Merlin sort, accompagné de son chat. À peine a-t-il refermé la porte derrière lui que, déjà, le fracas des épées a repris.

## Chapitre 2
# La visite de Morgane

Le repaire de Merlin se situe tout en haut d'un gros donjon érigé à un angle du château. On y accède par un escalier en colimaçon dont le bois grince à chaque marche. C'est ici, au dernier étage, que le magicien fabrique ses poudres et ses potions. L'endroit tient à la fois du cabinet de curiosités, du laboratoire d'alchimiste et de la tanière de sorcier. On y trouve des sabliers, des fioles, des pots, des sachets et des lézards morts (empaillés ou pendus par les pattes, la tête en bas), mais aussi, chose moins habituelle chez un magicien, une lunette d'astronome et diverses inventions à base de roues dentées, poulies et autres mécanismes compliqués.

La nuit venue, Merlin dort sur un lit escamotable qui entre dans un mur ou se déplie quand on tire sur un levier. Archimède a son coin à lui : un coussin de velours carmin, une écuelle de nourriture, un bol d'eau. Pour l'heure, le chat somnole sur son coussin, pendant que son maître est occupé, un peu plus loin, à mélanger deux liquides goutte à goutte, à l'aide d'une pipette.

Toc toc toc ! Les trois coups frappés avec force font sursauter Merlin. Il lâche une goutte de trop dans son mélange et… POUF ! Une épaisse fumée grise monte du liquide. Archie (comme son maître aime bien l'appeler, car c'est plus court) ouvre un œil blasé. Il a l'habitude de ce genre de petit accident ; il en faut plus pour l'effrayer.

Le vieil homme tousse dans son poing avant de se tourner vers la porte. De mauvaise humeur, il s'emporte :

– Qu'est-ce qu'il y a ?! Qui me dérange en plein travail ?

– C'est moi, Morgane, répond une voix féminine un peu rauque. Puis-je entrer ?

– Oui, oui, viens.

Une femme vêtue de longues robes flottantes se glisse dans le repaire du magicien. Elle ressemble un peu au roi Arthur, avec ses grands yeux d'un bleu tranchant. Normal, elle est sa sœur, ou plus exactement sa demi-sœur (ils ont le même père : Uther Pendragon) !

– Salutations, illustre enchanteur, lance-t-elle en guise de bonjour.

– Salut, rétorque simplement le vieil homme.

Il est direct. Il n'a jamais aimé la flatterie.

Archie a de nouveau ouvert un œil. Il regarde la femme d'un air méfiant, les moustaches frémissantes. Son maître se tient également sur ses gardes. La sœur du roi est aussi belle qu'ambitieuse. Elle étudie la magie depuis de nombreuses années et n'a jamais caché son objectif: devenir un jour au moins aussi puissante que Merlin. Ce dernier remarque tout de suite le long bâton tenu par la magicienne. Il semble fait dans un bois très ancien et il a un aspect maladif, torturé, avec ses nœuds disgracieux et sa couleur gris cendre. Une pierre ressemblant à un cristal est incrustée à son extrémité supérieure. Elle diffuse une inquiétante lumière vert émeraude.

– Tu as changé de bâton, commente le maître des lieux.

– Je l'ai acheté à des marchands venus d'une contrée lointaine, avoue Morgane. Je le trouvais… original.

– En effet, je n'en ai jamais vu de pareil.

Passant en revue le bric-à-brac de l'enchanteur, son invitée fronce les sourcils et déclare :

– Il semblerait que, depuis quelque temps déjà, tu délaisses notre discipline bien-aimée au profit de ces… machines.

Elle a prononcé le dernier mot avec mépris, en montrant les inventions à rouages et engrenages du bout de son bâton.

– La science est l'avenir, réplique Merlin, fataliste. Qu'on le veuille ou non.

– Le crois-tu vraiment ?

– C'est ma profonde conviction.

– Est-ce pour cette raison que tu as donné à ton chat un nom d'inventeur plutôt qu'un nom de célèbre sorcier ?

– Qui sait ?

– Eh bien, moi, je pense que jamais la science ne pourra éclipser la magie.

Morgane arpente la salle, attentive au moindre détail. Intriguée, elle prend un petit bâtonnet surmonté d'un bout rouge entre ses doigts longs et fins.

– Qu'est-ce que c'est que ça ?

– Ma dernière trouvaille. Je l'ai baptisée « allumette ».

– Ça sert à quoi ?

– À produire du feu, par friction. On frotte l'extrémité enduite de soufre et…

– *Focus illuminis !*

Le bâtonnet s'allume d'un coup. Morgane le jette sur le plancher et l'éteint en l'écrasant sous son pied.

– Pourquoi se donner tant de mal alors qu'une seule formule suffit pour obtenir la même chose ? demande-t-elle.

– Parce que tout le monde n'est pas magicien comme toi et moi.

– Tant pis pour les autres.

– Je crois que nous ne serons jamais d'accord sur ce point, chère Morgane.

Quand la sœur du roi passe tout près d'Archie, celui-ci se dresse, poils hérissés, et crache dans sa direction.

– On dirait que ton chat ne m'aime pas beaucoup, siffle-t-elle.

– Il a ses têtes.

La magicienne se tourne vers Merlin.

– Pourquoi t'encombres-tu de cet animal ?

– Il égaie ma solitude.

– Vraiment ? Il existe quand même meilleure compagnie qu'un matou mité !

– Tu penses à quelqu'un en particulier ?

– À moi, bien sûr… Je pourrais demeurer à tes côtés et être ton élève, qu'en dis-tu ?

– J'en dis que j'ai l'impression d'avoir déjà eu cette conversation avec toi. Dix fois ? Cent fois ?

– Alors peut-être changeras-tu d'avis à la cent unième ?

– Je ne crois pas…

Morgane montre à présent les potions, les baguettes, les fioles, les plantes réduites en poudre, les pierres…

– Tout ce savoir accumulé, soupire-t-elle. Que deviendra cette collection quand tu ne seras plus là ? Sans vouloir te manquer de respect, tu n'es pas éternel.

– Personne ne l'est.

Puis Merlin ajoute avec un petit rire :

– Après tout, il est un peu tôt pour s'inquiéter de cela : je n'ai que cent vingt-trois ans !

Soudain, Morgane pointe son mystérieux bâton sur son hôte.

– À quoi joues-tu, inconsciente ?

– Je ne joue pas, justement. Et, en me traitant d'inconsciente, tu m'as manqué de respect une fois de trop, vieux débris !

Morgane fait deux pas en arrière et lève son arme magique. La fureur brille dans son regard dément.

– *Hannalnathrar, ourwassbethud, dorieldiembhe*, articule-t-elle d'une voix sans timbre, en détachant soigneusement chaque syllabe.

– Morgane, qu'est-ce qui te prend ? s'inquiète Merlin.

– *Hannalnathrar, ourwassbethud, dorieldiembhe*, répète la sorcière.

Une lueur verdâtre s'intensifie au bout du bâton, là où la mystérieuse pierre est enchâssée.

– Tu vas apprendre ce qu'il en coûte de me sous-estimer, crache la sœur du roi.

Elle vise le magicien d'un coup de poignet rapide. Au même moment, sentant le danger, Archie s'est jeté au-devant de son maître pour le protéger. Un rayon aveuglant touche l'homme et le chat. Merlin pousse un grand cri, qui se mélange au miaulement déchirant de son petit compagnon, puis il perd connaissance.

## Chapitre 3

# Chat alors !

Merlin ouvre les yeux. Il se trouve au ras du plancher poussiéreux. Il distingue, en levant la tête, le plafond de la pièce. Les poutres et les solives paraissent lointaines, inaccessibles. Tout est bizarre, distordu. Le magicien se sent… comment dire ? Différent ? Il y a les odeurs (ingrédients nécessaires aux potions ?), qui ont l'air beaucoup plus fortes que d'habitude, presque agressives. Et puis les sons (notamment le rire démoniaque de Morgane) résonnent comme à l'intérieur d'une grotte. Encore plus étrange : son champ de vision s'est élargi ! Il voit sur les côtés, mais un peu flou. Et les couleurs semblent bien fades. Les teintes rouges ou orangées ont disparu !

## Chapitre 3

« Qu'est-ce que ça signifie ? » pense Merlin.

Il veut exprimer son inquiétude à voix haute, au lieu de quoi il émet un « Maowww » enroué.

« Maowww ? »

Il tourne la tête et son cœur fait un bond dans sa poitrine.

Là, devant lui, se trouve son... frère jumeau ! Un double parfait, mais qui fait le pitre, à quatre pattes, en jetant des regards effarés autour de lui.

« Pourquoi ce jumeau est-il habillé comme moi ? »

– Te voilà moins arrogant, à présent, ô grand enchanteur ! ricane la sœur du roi.

Soudain, ce jumeau qui se comporte bizarrement aperçoit Merlin et pousse un cri de terreur, ou plutôt un feulement. Il fait un bond sur place et sort les griffes, enfin, les ongles. Sa barbe rebique, tout hérissée.

– Mi-aowww ! riposte le magicien.

« Pourquoi je n'arrive plus à parler ? À former des mots ? »

Merlin essaie de se relever, mais ses jambes sont bizarrement articulées ; elles refusent de le soutenir.

Il retombe en avant. Un doute affreux s'insinue dans son esprit.

Se pourrait-il que…

« Non non non… »

Le vieil homme retourne ses mains pour les regarder.

Horreur !!!

Il n'a pas deux paumes sous les yeux, mais deux pattes poilues munies de coussinets roses !

– MI-AOH !!!???

La vérité lui saute à la figure, enfin, à la truffe : il est devenu un chat !!! Ou, plus exactement, son esprit s'est téléporté dans le corps d'Archimède, son chat ! Voilà pourquoi il ne peut plus s'exprimer que par miaulements ; pourquoi ses cinq sens sont totalement chamboulés !

Mais alors, qui se trouve dans la tête de son double, là, en face de lui ?

« Archimède ?! »

L'ancien corps de Merlin serait-il habité par son chat ?

Le magicien n'a pas le temps de se poser plus de questions : une fois encore, quelqu'un frappe à la porte.

– Tout va bien ? s'enquiert un garde, depuis le palier.

– Merlin a eu un… petit malaise ! répond Morgane.

– Nous avons vu une grande lueur, depuis la cour, puis entendu du bruit, des cris…

– Le conseiller du roi s'est fait mal en tombant, mais, heu, ça va, maintenant. Il a repris ses esprits, si je puis dire.

Merlin crache et feule en direction de Morgane. Elle brandit son bâton pour le faire taire et l'abat violemment. Le magicien bondit de côté avec l'agilité de ce corps tout neuf, bien qu'un peu grassouillet. Être un félin offre certains avantages : la rapidité, et aussi cette souplesse que le magicien se plaignait d'avoir perdue, il y a encore peu de temps… Et puis fini le mal de reins, les genoux douloureux !

Le bâton magique fracasse une machine en bois et en métal, projetant des ressorts en tous sens.

– Rhaaa, tu ne m'échapperas pas, sale bête ! hurle Morgane.

– Que se passe-t-il ? demande encore le garde, de l'autre côté de la porte.

– Heu, rien, le chat du conseiller Merlin fait des bêtises, c'est tout !

Archie s'est caché sous une table. Il a l'air aussi effrayé que perdu, gêné par ce nouveau corps et ces vêtements qui lui collent à la peau, l'empêchent de bouger normalement.

Merlin évite un second coup de bâton.

« Je dois m'enfuir », songe-t-il en avisant la lucarne entrouverte au plafond. Elle semble si loin… mais avec une souplesse de chat tout paraît possible !

Merlin bondit dans les airs… pas assez haut, cependant, pour atteindre l'ouverture ! Il plante ses griffes dans un pilier en bois et grimpe à toute vitesse pendant que la sœur du roi braille dans son dos :

– Reviens ! Reviens ici tout de suite !!!

Encore un saut, et voilà le félin sur le toit de la tour. Ce dernier est en pente et une pluie récente a rendu glissantes les tuiles qui le recouvrent. Merlin le dévale comme s'il s'agissait d'un toboggan.

– Miaouhhh !!! lâche-t-il, alors qu'il pense très fort « au secours ! ».

Il essaie de se freiner en moulinant des pattes, mais le vide se rapproche. D'une brusque détente, il déplie ses membres au dernier moment. Il file, suspendu dans les airs. Sensation incroyable. Le vent siffle à ses oreilles. Il a l'impression de voler. Le toit d'en face paraît être à des lieues de distance : va-t-il l'atteindre ? Sous lui, les gardes et les domestiques du château vont et viennent dans la grande cour centrale sans lui prêter attention. Ils sont tout petits, à peine plus gros que des insectes.

– Maoow !

Merlin atterrit sur une gouttière, le cœur battant, étonné d'être encore en un seul morceau.

– Fichue bestiole ! crie une voix de femme.

Le magicien se retourne et voit la tête de Morgane qui dépasse de la lucarne, au sommet de la tour.

– Tu ne perds rien pour attendre !

Merlin s'enfuit. Il doit mettre le plus de distance possible entre cette folle et lui. Il saute de toit en toit, arrive sur le chemin de ronde qui fait le tour du château. En équilibre au bord des remparts, il regarde la ville. Grâce à ses nouveaux yeux de chat, il a une vision plus large que d'habitude : les maisons blotties les unes contre les autres semblent se déployer à l'infini, sur les côtés, de même que le labyrinthe des ruelles qui s'entrecroisent comme les fils d'une toile d'araignée… Un coup d'œil vers le bas ; le fugitif aperçoit une charrette remplie de foin en train de rouler sur le pont-levis abaissé. Il n'hésite pas une seconde et se laisse tomber dans le vide pour disparaître, l'instant d'après, à l'intérieur d'une botte d'herbes fraîchement fauchées.

Le voilà en sécurité… du moins, pour le moment !

Chapitre 4

# Une vie de chat

Secoué par les cahots de la charrette, Merlin a encore le cœur battant. L'odeur du foin est très forte et les grandes tiges jaunies lui piquent la truffe. Il éternue. Heureusement, le bruit des roues et des sabots raclant sur les pavés masque son « atchoum ».

Le « magicien-matou » risque un coup d'œil hors de sa cachette. La charrette remonte une petite rue bordée de commerces. Les constructions les plus élevées font deux étages ; aux yeux de Merlin, encore mal habitué à sa vision féline, elles sont aussi hautes que des montagnes. Des échoppes occupent le rez-de-chaussée de ces habitations : un forgeron, un charpentier qui fait aussi office de tonnelier, un tailleur, un boucher… Protégé par un grand tablier en cuir, ce dernier égorge un cochon devant sa boutique. Le cri du pauvre animal donne la chair de poule à Merlin, qui sent son pelage se dresser sur son dos. Le cri meurt en même temps que le porc, mais la rue reste très bruyante.

Des vendeurs ambulants ont posé leurs tréteaux le long des bâtiments. Des odeurs de viande grillée et de poisson montent des étals. Merlin a faim comme jamais il n'a eu faim de sa vie.

« Pas étonnant qu'Archie réclame sans arrêt à manger s'il a tout le temps faim comme ça », se dit le magicien.

Des odeurs plus alléchantes les unes que les autres le mettent au supplice. Il salive et passe la langue sur ses babines, les yeux dilatés par la gourmandise.

N'y tenant plus, il saute de la charrette et s'approche d'un étalage garni d'appétissantes charcuteries. Ce chapelet de saucisses, là, est bien tentant, car son extrémité pendouille presque jusqu'au sol. Merlin s'approche à petits pas, mais le marchand a vu clair dans son jeu et le chasse d'un coup de pied.

– Dégage, toi !

Merlin recule au milieu de la chaussée très encombrée. Il bondit de côté pour éviter les roues d'un chariot, mais c'est à présent un cavalier en armure qui arrive en sens inverse. Les sabots ferrés de sa monture résonnent plus fort que les tambours de tout un régiment. Le magicien se faufile entre les jambes du cheval sans se faire écrabouiller. Il atteint l'autre côté de la rue par miracle. Des piétons se croisent, se frôlent. Ils ressemblent à des géants. Là encore, Merlin slalome entre tous ces obstacles en mouvement, véritable forêt de jambes et de pieds, sans avoir le temps de reprendre son souffle.

Tout à coup, il entend :

– Eaux usées !

Les gens s'écartent. Merlin lève la tête et voit deux mains qui jettent le contenu d'une bassine par une fenêtre ouverte. Une véritable cascade s'abat sur le trottoir. Notre héros évite de justesse d'être éclaboussé, mais l'odeur est infecte. Dégoûté, il décampe à toutes pattes. Il tourne à gauche, débouche dans une impasse remplie de détritus, et tombe sur quatre chiens, le museau enfoui dans les ordures, sans aucun doute à la recherche de quelque chose qui se mange. Les molosses (ils appartiennent tous les quatre à la race des bouledogues) tournent en même temps la tête vers l'intrus.

– Môw…

Ce qui signifie «heu, salut, les gars» en langage chat.

Les chiens sortent les crocs et grognent sourdement. Merlin recule. Il aimerait leur dire «désolé, je voulais pas déranger» ou encore «on va pas se fâcher pour si peu», mais il sent bien que les molosses ne sont pas d'humeur.

Le magicien fait demi-tour et file sans demander son reste. Il entend les aboiements derrière lui, ainsi que les bruits de pattes, les mâchoires qui claquent. La meute s'est lancée à sa poursuite. Retour dans la rue animée. Les passants s'écartent pour ne pas être bousculés par les bêtes en furie. Un vieillard tombe sur les fesses et agite le poing en menaçant les boule-

dogues. Merlin se glisse avec souplesse sous les étals des marchands. Les chiens, en revanche, défoncent tout sur leur passage ! Objets d'artisanat et nourriture sont projetés en vrac, de même que planches et tréteaux. Les vendeurs injurient les molosses en les traitant de tous les noms. Trois des quatre bouledogues se sont brièvement arrêtés pour prendre des morceaux de viande dans leur gueule. Ils repartent chacun de leur côté avec leur précieux trophée.

Son corps tout neuf a beau regorger d'énergie, Merlin sent son cœur qui bat à cent à l'heure, et il commence à se fatiguer. Heureusement, il n'y a plus qu'un seul poursuivant lancé à ses trousses. Il avise une barrière en bois. Là, droit devant lui, il aperçoit un trou entre deux planches. Le passage est étroit, mais ça vaut le coup d'essayer. Le voilà qui jette ses dernières forces dans les ultimes coudées qui le séparent de l'obstacle. Il se faufile dans l'ouverture grâce à son corps élastique (bien que dodu !) et, l'instant d'après, il entend un choc sourd suivi d'un aboiement de rage et de frustration mêlées : le chien s'est cogné le museau contre les planches. Il saute sur place, essaie de franchir la barrière, mais celle-ci est trop haute pour lui.

Merlin se retourne et nargue la brute épaisse :

– Maw, mamaw, mamaow !

Autrement dit : « Salut, à la prochaine ! »

Le magicien s'éloigne en trottinant et remonte sur les toits par une série de petits bonds. Il sera sans aucun doute plus en sécurité au-dessus des rues que *dans* les rues. Il profite de cette pause pour reprendre son souffle et faire le point.

« C'est donc ça, la vie d'un chat errant : une suite ininterrompue de dangers, d'agressions ? »

Une existence bien périlleuse, à n'en point douter.

« Il faut que je sois plus prudent, à l'avenir... Et puis, surtout, il faut que je retrouve mon corps d'homme, parce que cette situation ne peut pas durer ! »

D'accord, mais comment faire ?

Logiquement, son corps d'origine doit toujours se trouver dans le château de Camelot.

« À moins qu'Archie n'ait réussi à s'enfuir, lui aussi ? Il n'y a pas trente-six façons d'en avoir le cœur net : allons-y ! »

Sautant de maison en maison, Merlin retourne vers la place forte construite par son ami Arthur au début de son règne. Voilà que, déjà, se dessinent devant lui les imposantes murailles flanquées de tourelles, ainsi que le grand fossé rempli d'eau appelé « douve ». Le pont-levis forme comme une passerelle au-dessus de la fosse. Des soldats en armes, archers ou lanciers, entrent et sortent du château, croisant au passage des femmes au visage enveloppé d'un bonnet blanc et qui portent chacune des paniers de légumes ou de fruits.

Merlin est sur le point de s'aventurer sur le pont-levis, quand une carriole au toit fermé et tirée par deux chevaux s'y engage. Le cœur du magicien saute un battement. Là, dans le véhicule, cette silhouette qu'il entrevoit derrière une fenêtre à barreaux, c'est… la sienne !

Son ami Archimède a l'air totalement abattu : les yeux dans le vague, le menton sur la poitrine. Il doit certainement se demander ce qui lui arrive…

« Et aussi où on l'emmène ! »

Merlin décide de suivre la carriole.

Chapitre 5

# Morgane place ses pions

– Où est le roi ? demande Morgane au premier garde venu.

– Dans la grande salle du banquet…

La magicienne hoche la tête, car cette information ne l'étonne guère. Son frère aime avoir l'œil sur tout. Il prépare ses réceptions comme on prépare une bataille : en accordant de l'attention au moindre détail.

Morgane traverse la cour encombrée d'hommes d'armes et de chevaux. Des artisans sont en train de monter une tribune en vue du prochain tournoi. On scie, on assemble, on cloue. La sœur du roi fait distraitement tournoyer son bâton magique entre ses mains. La pierre renvoie des éclats vert fluorescent à la lueur du jour. Morgane sourit toute seule. La première partie de son plan s'est déroulée sans accroc, ou presque.

« Pourtant, ce n'était pas gagné d'avance ! »

Elle a longtemps cherché une arme magique face à laquelle même le grand Merlin serait impuissant. Et cette arme est arrivée sous la forme d'un bâton vendu par des marchands naïfs, inconscients du trésor qu'ils transportaient. Les colporteurs disaient qu'ils avaient trouvé le mystérieux objet « dans une cabane au fond des bois ». Évidemment, Morgane a sauté sur l'occasion et tout de suite acheté la marchandise, pour une bouchée de pain en plus ! En parcourant d'antiques grimoires de sorcellerie oubliés de tous, elle a découvert les origines de la pierre couleur émeraude incrustée au bout du bâton ! Associée à certaines formules, elle peut lancer des sortilèges redoutables…

« Et ce n'est que le commencement », songe la sœur d'Arthur.

# Chapitre 5

Morgane pénètre dans le bâtiment principal de la place forte, sorte de château à l'intérieur du château, puis elle grimpe l'escalier en spirale menant à la salle de réception. Avant même de pousser la porte, elle entend le roi occupé à distribuer les ordres de sa voix autoritaire :

– Comment se fait-il que la nef de table ne soit pas encore disposée ? Apportez les tranchoirs de pain et le sel !

Morgane a beau connaître l'intérieur de Camelot par cœur, elle est toujours impressionnée par les dimensions et surtout la beauté de cette immense salle, l'endroit le plus luxueux du château (juste après la célèbre Table ronde, autour de laquelle Arthur réunit ses chevaliers). Pour l'heure, le souverain a l'air très stressé :

– Non, pas cette nappe-là ! Je veux celle avec le tissage gaufré, elle est plus jolie.

Les deux domestiques qui portent la nappe écrue reculent en exécutant moult courbettes.

Le regard de Morgane glisse sur les hautes fenêtres par lesquelles entrent les rayons du soleil.

La lumière fait briller des tapisseries brodées de fils dorés dont les reflets dansent sur le plafond peint en rouge et or. Une cheminée monumentale (assez haute, semble-t-il, pour accueillir un cerf) occupe le fond de la pièce. Les dorures sculptées sur son manteau miroitent, comme la plupart des autres décorations. Tout ici respire le faste et l'élégance.

Quand il aperçoit sa sœur, Arthur arrête de crier sur les pages et les serviteurs.

– Ah, Morgane, te voilà ! Que se passe-t-il avec Merlin ? On me raconte les choses les plus folles…

– C'est un grand drame, Sire, dit la magicienne en s'immobilisant devant son frère après une brève révérence.

– Parle, tu m'inquiètes…

– Le conseiller royal a été victime d'un malaise. Je discutais avec lui au sommet de sa tour, quand, tout à coup, il s'est effondré, pris de spasmes !

– Comme ça ? Brusquement ?

– Oui. Rien ne l'annonçait.

Arthur fronce les sourcils.

– Dis-moi, chère sœur… Tu n'aurais pas contrarié notre vieil ami, par hasard ?

Les désaccords entre Merlin et Morgane sont connus de tous. Nul n'ignore que la magicienne donnerait très cher pour devenir l'élève du célèbre enchanteur… qui la repousse depuis des années.

– Mon frère, je te jure que je ne suis pour rien dans cette malheureuse affaire, assure Morgane en regardant le roi droit dans les yeux. Est-ce ma faute si ton compagnon le plus ancien a maintenant atteint un âge très avancé ? L'astre le plus brillant finit toujours par s'éteindre un jour ou l'autre.

– Pour l'heure, où se trouve Merlin ?

– Son état est inquiétant. Il ne parle plus. Il grogne comme un animal, aussi l'ai-je envoyé au grand hospice.

– Quoi ? La maison des fous ?!

– Là-bas, il recevra les soins appropriés.

Songeur, Arthur ne parle pas durant de longues secondes. Il semble bien vieux, lui aussi, à présent. Vieux et abattu.

– Je ne peux me résoudre à voir décliner mon plus fidèle conseiller, dit-il enfin dans un soupir. Il est comme un père pour moi.

– Je te rappelle que tu as un vrai père, réplique Morgane. Le même que moi.

– Oui, mais je ne l'ai jamais connu. Alors que Merlin veille sur ma destinée depuis tant d'années…

Le roi se laisse tomber dans un beau siège en bois sculpté. Morgane tire à elle une chaise au dossier recouvert de tissu orné de fils d'argent, puis elle s'assied à côté d'Arthur, lui prend la main affectueusement et déclare :

– Laisse-moi remplacer Merlin durant sa convalescence. Laisse-moi te porter conseil, ô puissant roi.

– Je… je ne sais pas…

Le roi prend une coupe vide dans sa main. Il la regarde, pensif. Elle lui rappelle le Graal, sa gloire d'antan, les années écoulées… Le temps passe trop vite.

– Je vais réfléchir, dit-il.

« Oui, c'est ça, réfléchis bien », songe Morgane.

Maintenant que Merlin n'est plus là pour lui barrer la route, elle va pouvoir mettre la suite de son plan diabolique à exécution !

Soudain, Arthur relève la tête.

– Le chat ! lâche-t-il.

– Quoi, le chat ?

– Celui de Merlin. Où est-il ?

Morgane répond sèchement :

– Disparu. Il a filé dès que son maître a perdu la boule.

– Il faut le retrouver.

– C'est si important que ça, mon frère ?

– Oui, oui, Merlin tient à cet animal. Je veux qu'il soit là quand mon ami reprendra ses esprits.

« Ne compte pas trop là-dessus », pense la sœur du roi. Au lieu de quoi, elle répond à voix haute :

– Je vais lancer des recherches.

Chapitre 6

# La maison des fous

Merlin a suivi la carriole jusqu'à un bâtiment à plusieurs étages, percé de toutes petites fenêtres.

« L'hospice où on enferme les fous ?!? »

Cette terrible pensée glace d'horreur le magicien.

Deux hommes font sortir Archimède du véhicule, puis ils entrent avec lui dans l'austère construction en pierre de taille.

Merlin est dévasté. Croupir dans un asile, voilà le sort réservé à son double ? Quelle déchéance ! Quelle humiliation !

« Je dois absolument le faire évader d'ici, enfin… ME faire évader d'ici… Enfin, je me comprends ! »

Oui, mais comment ?

Ornée de lourds motifs carrés, la porte principale a l'air assez solide pour résister à un bélier… Alors à un chat, n'en parlons pas !

Merlin se cache derrière l'angle d'une maison et il attend, guettant patiemment les allées et venues depuis son poste d'observation. Les hommes qui ont escorté le « magicien » qu'ils croient devenu fou ressortent quelques minutes plus tard. Ils remontent sur leur attelage en discutant et s'en vont.

Les heures passent. La nuit va bientôt tomber.

Des gens d'armes amènent un vieux prophète vêtu de guenilles qui parle tout seul, très agité, en annonçant la fin du monde pour bientôt. Peu après, la lourde porte s'ouvre à nouveau pour laisser passer des femmes aux bras encombrés de corbeilles de linge sale. Elles croisent d'autres dames qui arrivent en sens inverse avec des draps propres.

« Voilà ma chance ! » se dit Merlin.

Les blanchisseuses ont posé leurs paniers par terre et se sont arrêtées pour papoter :

– C'est la fête en ville, ou quoi ? Il y a des décorations partout !

– Le roi attend la visite des gens du Nord, à ce qu’il paraît.

– Les barbares ?

– Oui. Même qu’un tournoi doit être organisé en leur honneur dans la grande cour de Camelot.

– Tu vas y aller, toi ?

– Avec tout le travail que j’ai, je ne crois pas…

Ni une ni deux, Merlin s’est faufilé jusqu’aux pipelettes. Il se glisse discrètement sous une pile de linge imprégné d’une bonne odeur de savon, puis il sent qu’on le soulève et qu’on le transporte. Il entend des gonds qui grincent. La porte se referme. Bruit de clés qui tournent dans la serrure : cling clang clang… Il fait plus sombre, à présent. Les femmes discutent de la pluie et du beau temps avec des gardes.

– Ils paraissent bien lourds, vos paniers, dit l’un d’eux. On va vous aider à les porter.

– Non non, ça va, protestent les blanchisseuses. On a l’habitude.

Elles montent un escalier. Merlin glisse un œil hors de sa cachette. Les femmes posent leur chargement dans une grande salle pleine de baquets remplis d'eau chaude. La vapeur d'eau monte au plafond. Des draps alourdis d'humidité sèchent sur des cordelettes tendues d'un mur à l'autre. Au moment où une dame d'un certain âge se penche pour prendre son linge, Merlin surgit du panier comme un diable de sa boîte.

– Hiiiii ! crie la blanchisseuse.

Une autre attrape un battoir et se met à courir après le magicien qu'elle prend pour un banal félin.

– Qu'est-ce que tu fais là, saleté ?!

Merlin fonce au ras du sol, tête rentrée dans les épaules. La femme qui le poursuit se prend plusieurs draps en pleine face. L'un d'eux se décroche et lui tombe dessus. Elle ressemble maintenant à ces fantômes qui, dit-on, hantent les lointaines landes d'Écosse.

– J'y vois plus rien !

Une autre blanchisseuse vient à son secours et la libère. Merlin en a profité pour sortir de la salle. Il se retrouve dans la cage d'escalier.

Monter ou descendre ?

Pas le temps de réfléchir : il monte.

## CHAPITRE 6

Parvenu à l'étage supérieur, il fait face à une porte entrebâillée. Il entend des ronflements, mais aussi des râles, des gémissements. Prudent, il avance le museau, tous ses sens en éveil. Aussitôt, un mélange d'odeurs repoussantes lui saute à la truffe. Il n'ose pas imaginer le contenu des bassines posées à côté des deux rangées de lits alignées face à face, sur toute la longueur de cette nouvelle salle.

La plupart des pensionnaires de l'asile dorment, même si la soirée n'est pas très avancée. Ceux qui sont réveillés fixent le plafond sans le voir ou bien marmonnent des paroles incompréhensibles. Certains sont attachés par les poignets aux montants de leur lit, sans doute pour éviter qu'ils se blessent tout seuls.

Merlin va d'un couchage à l'autre, à la recherche de son ami Archimède.

Tout à coup, une vieille femme l'aperçoit.

– Oh, le joli minou ! dit-elle avec de grands yeux presque enfantins.

Merlin voudrait lui faire le geste « chut », mais sans main et sans doigt, ce n'est pas évident.

La femme égrène un petit rire aigu, puis elle attrape le magicien, qui pousse aussitôt un miaulement de protestation. La mamie se met à le caresser comme si elle voulait lui lustrer les poils. « Lâchez-moi ! pense le conseiller du roi. Je n'ai pas que ça à faire. » Mais la vieille dame redouble d'application et là, brusquement, l'enchanteur est enchanté ! Il commence à ronronner malgré lui. « Qu'est-ce qui m'arrive ? C'est vrai que c'est pas désagréable, dans le fond, tout ça ! » Il lève la tête pour qu'on le caresse sous le menton. « Rhhoo, mais oui, là, c'est bon… » Sans transition, la folle se désintéresse de lui. Elle le laisse retomber au sol, puis chantonne une comptine en berçant une poupée de chiffon.

– La ferme ! aboie un de ses voisins de lit.

Le magicien s'éloigne. Il ne tient pas à attirer l'attention et il a repéré Archimède qui se morfond à l'autre bout de la salle, son corps de vieillard roulé en boule comme… celui d'un chat !

Quand Archimède aperçoit Merlin, son regard s'éclaire et il se dresse… à quatre pattes.

« Archie, c'est moi, ton maître ! » voudrait s'exclamer l'humain dans un corps de félin. Ce qui donne, exprimé à voix haute :

– Maehh, maowmohmoh !

Archie plisse son front déjà bien ridé et ses yeux s'étrécissent. On dirait qu'il comprend, ou en tout cas qu'il essaie de comprendre, ce que Merlin lui raconte. Celui-ci reprend : « Il faut qu'on sorte d'ici, mon pépère. J'ai besoin de toi pour confondre Morgane… »

– Maw mawmaw, mow mowmoooh !

Aucune réaction du vieil homme.

«J'ai besoin de toi pour qu'on retrouve nos VRAIS corps », poursuit Merlin.

Cette fois, les yeux d'Archimède s'illuminent. Il opine, il sautille, tout excité. Pour le coup, il se comporte plus comme un toutou que comme un minou !

« Du calme, du calme… le sermonne le magicien. Premier objectif : quitter cet endroit sinistre ! »

Merlin jette des coups d'œil furtifs autour de lui. Il voit le lit, les draps. Il demande à Archie : « Heu, tu sais faire des nœuds ? »

Visage ahuri d'Archimède.

« Hum, bon, je vais te montrer… »

Merlin plante ses griffes dans le drap pour tirer dessus et le faire tomber du lit.

« Alors voilà, maintenant tu prends une couverture et tu l'attaches à ce drap en faisant ainsi… »

Tout en se lançant dans ses explications, le magicien tente, vainement, de mimer le geste avec ses pattes. Archie regarde son maître comme si ce dernier lui parlait en chinois, puis il fixe le drap et la couverture. Une lueur de compréhension éclaire de nouveau son regard. Il essaie de nouer les deux tissus ensemble, s'énerve, s'emmêle, et se met à s'agiter et à cracher, hystérique.

« Non non non, pas comme ça ! Arrête, tu vas nous faire remarquer… »

Archimède se calme. Le magicien réfléchit.

« C'est pas gagné. À moins que… Eurêka ! »

L'illumination !

Merlin s'adresse une fois de plus à son compagnon : « Fouille dans tes poches ! »

Archie lui répond par un regard interloqué.

« Tes POCHES, là ! »

Il montre de la patte la tunique du vieillard, qui paraît comprendre, plonge les mains dans sa robe de magicien et en sort…

« Allumette ! » jette Merlin, triomphal.

Morgane avait tort : les inventions, cela peut être très utile !

Chapitre 7

# L'évasion

– Au feu ! Au feu !

Le garde se réveille en sursaut. Le cri vient du dortoir des fous, au deuxième étage. Il monte les marches quatre à quatre et croise quantité de pensionnaires paniqués dans l'escalier.

– Qu'est-ce qui se passe ? lance-t-il à la cantonade. Retournez dans vos lits !

– Ça va pas la tête ? répond la femme à la poupée de chiffon. Ça brûle, là-haut !

– Hein ?

– Y a le feu !

Le garde se précipite et entre dans le dortoir, hors d'haleine. On n'y voit rien, ou presque ! La fumée grise et piquante le fait tousser et pleurer. Des flammes dansent et crépitent au fond de la salle. Il distingue la silhouette d'un vieux barbu coiffé d'un chapeau pointu qui essaie de défaire les liens des malades encore attachés à leur lit. C'est le fameux magicien Merlin ! Un chat rondouillard aide le conseiller du roi en s'attaquant aux cordes avec ses griffes et ses crocs.

Le garde est paralysé par la peur et la surprise. Soudain, on le bouscule.

– Pousse-toi !

Une femme accourt avec une bassine d'eau qu'elle vide sur les flammes. Une autre blanchisseuse la suit de près. Les femmes font la chaîne dans l'escalier pour se passer les bassines de main en main.

– Aide-nous au lieu de rester planté là ! crie l'une d'elles au garde empoté.

Celui-ci se ressaisit et se met à porter des bassines lui aussi. D'autres hommes arrivent en renfort. Certains prennent des couvertures pour éteindre le feu. En dix minutes, l'incendie est maîtrisé. Tous les malades ont été évacués et regroupés au rez-de-chaussée.

– On a eu chaud, dit le garde parvenu le premier sur le lieu du drame.

Il s'essuie le front du revers de sa manche, puis, machinalement, porte une main au trousseau de clés d'habitude accroché à sa ceinture.

– Hein ?

Les clés ont disparu ! Il regarde partout, affolé. Peut-être qu'il les a perdues dans la confusion générale ?

À moins que…

Merlin et Archie marchent dans la ville éclairée par la lumière pâle et douce de la pleine lune. À cette heure tardive, il n'y a personne dans les rues. Le félin devenu humain jette par terre le trousseau désormais inutile et se tourne vers le magicien prisonnier d'un corps de matou pour lui lancer un regard interrogatif.

« Et maintenant ? » semble-t-il dire.

– Maowmawmaw, mia-ah, réplique son compagnon.

Ce qui signifie : « On trouve un endroit pour se poser, et on réfléchit. »

Tout à coup, des bruits de plaques métalliques se font entendre. Le vieillard et le chat se réfugient dans une poche d'obscurité, entre deux bâtiments. Une patrouille de soldats revêtus d'armure passe devant eux sans les remarquer. Nos héros attendent que les gardes s'éloignent, puis ils sortent de leur cachette et prennent la direction opposée.

Quelques minutes plus tard, ils parviennent devant les berges de la rivière qui coupe la grande cité en deux. Les reflets de la lune dansent sur les eaux sombres et paresseuses.

Un feu a été allumé sous l'arche d'un grand pont. Plusieurs silhouettes sont regroupées autour du brasier.

« Allons voir », propose Merlin.

Archie fait oui de la tête, et le duo s'approche de ce qui ressemble de plus en plus à un campement.

Il y a des tentes, sous le pont, et aussi des espèces de cabanons faits de bric et de broc.

« Tous ces gens vivent dans une misère terrible », songe le magicien.

Il croyait le royaume prospère, et ses habitants à l'abri du besoin.

« Peut-être ai-je passé trop de temps perché en haut de ma tour ? »

Les personnes réunies autour du feu sont habillées de vêtements rapiécés. Elles ont les joues creuses et le corps tout autant amaigri.

Un homme aux longues moustaches tombantes fait cuire les restes d'une brochette au-dessus du feu. Merlin salive. Le ventre d'Archie gargouille et il jette un regard implorant au moustachu.

– Vous avez faim, tous les deux ? demande ce dernier.

L'homme et le félin opinent vigoureusement.

Le moustachu leur tend la brochette.

– Z'en voulez ? C'est du rat.

Merlin pense : « Heu, merci, très peu pour moi. »

Archie se jette sur le cadeau et dévore les morceaux de viande.

– Ben dis donc, quel goinfre, commente le moustachu. T'aurais pu en laisser un peu pour ton chat.

Archie se frotte à l'homme généreux pour le remercier.

– Hé, c'est quoi, ton problème, papi ?

« Arrête ça ! le gronde Merlin. Tu te donnes en spectacle ! »

Autrement dit :

– Moumiah ! Mee-ow maohmaw !

Archie se calme.

– Il y a de la paille, là, fait une femme en montrant un coin abrité, à la base du pont. C'est pas le grand confort, mais c'est mieux que rien.

Merlin et Archie se dirigent vers l'endroit indiqué. Archie lève la patte, enfin, la jambe.

« Nooooon, ce n'est pas une litière : c'est pour dormir ! s'exclame le magicien sous la forme d'une série de miaulements outrés. Si tu veux faire tes besoins, tu vas plus loin, je ne veux pas voir ça ! »

Archie obéit et Merlin s'installe.

«Maintenant, je sais ce que c'est que d'être sur la paille», pense-t-il en se fabriquant une espèce de nid douillet… mais le cœur n'y est pas. «Allons, se dit-il. Plutôt que de broyer du noir, tu ferais mieux de réfléchir… Comment sortir de ce pétrin ?»

Il songe aux paroles étranges prononcées par Morgane, ainsi qu'à ce rayon maléfique jailli de la pierre émeraude. De quel sort peut-il bien s'agir ?

«Je dois faire des recherches…»

La grande bibliothèque : voilà la solution ! En effet, les grimoires de sorcellerie les plus anciens sont entreposés là-bas !

L'espoir renaît dans le cœur du magicien. Tout n'est peut-être pas perdu.

Archie revient tranquillement et se roule en boule, entourant son maître de son corps, comme pour le réchauffer. Merlin se laisse faire et s'endort, rassuré.

## Chapitre 8
# Dame Jocaste

L'aube qui se lève sur la ville est grise et froide. Merlin a une faim de loup. Cette fois, il serait prêt à manger n'importe quoi. Heureusement, ce n'est pas du rat que les habitants du campement proposent à leurs invités ce matin, mais une sorte de bouillie à base d'orge pilée. Merlin et Archie dévorent le contenu de leur bol en moins de deux minutes. Le magicien voudrait bien remercier ces personnes qui se sont montrées si généreuses avec eux, mais il ne peut articuler qu'un pathétique « maow ».

– De rien, réplique l'homme aux moustaches tombantes, comme s'il avait compris.

En revanche, il opère un brusque mouvement de recul quand Archie lui lèche la main en signe de reconnaissance.

– C'est bon, grand-père, n'en rajoute pas !

Merlin se jure de revenir voir ses bienfaiteurs pour les récompenser dès qu'il aura retrouvé son apparence normale.

Mais en attendant, il a des recherches à mener.

Merlin et Archie sont cachés au coin de la rue donnant sur la façade de la grande bibliothèque, un vénérable bâtiment construit de plain-pied. La salle des archives se trouve au sous-sol, dans une espèce de crypte, mais avant d'y accéder on doit passer par l'accueil, au rez-de-chaussée.

Merlin s'adresse à son compère : « Bon, alors tu as compris, hein ? Tu me caches sous ton chapeau. Quand je te tapote le crâne une fois, tu dois faire "oui" de la tête, et quand je te le tapote deux fois, tu dois faire "non", c'est clair ? » Archimède opine. On dirait qu'il comprend de mieux en mieux les directives de son maître. Peut-être que, l'effet de surprise passé, son esprit au début désorienté s'est accoutumé à cette nouvelle situation et devient plus attentif, plus aiguisé ? Merlin saute dans ses bras avant de grimper sur son cuir chevelu, comme s'il le coiffait d'une épaisse toque de fourrure.

« Voilà, et maintenant tu mets le chapeau par-dessus. »

Archie obéit. Le couvre-chef a l'air un peu bouffi, boursouflé, mais… ça passe.

« Allons-y ! » lance le magicien.

Autrement dit :

– Meoh !

Un vagabond assis non loin de là regarde le vieux barbu, ou plus exactement son chapeau pointu, et cligne plusieurs fois des yeux, étonné. Un chapeau qui miaule, ce n'est pas banal. L'homme baisse la tête vers sa bouteille presque vide. Peut-être qu'il a un peu trop abusé du vin ?

Sans plus attendre, Merlin et Archie entrent dans la bibliothèque. Le guichet de l'accueil est tenu par Dame Jocaste, une vieille femme d'aspect sévère, le visage ridé, ses cheveux gris ramenés sur le dessus par un chignon. Elle tient son registre scrupuleusement, notant le nom des visiteurs, ainsi que les heures de départ et d'arrivée, à l'aide d'une plume et d'un encrier.

– Merlin ! s'exclame-t-elle en reconnaissant tout de suite la silhouette surmontée de son fameux chapeau pointu. Cela fait bien longtemps qu'on ne vous avait vu dans ces murs.

Archie essaie d'esquisser un sourire. Que lui raconte cette humaine ?

Dame Jocaste fronce les sourcils.

– Vous n'avez pas l'air dans votre assiette… Vous êtes souffrant ?

Une tape sur la tête. Archie acquiesce.

– Vous n'arrivez plus à parler ?

Nouvelle tape. Archie fait oui de la tête et montre sa gorge.

– Une angine ? J'espère au moins que ce n'est pas contagieux ?

Deux tapes. Archie secoue la tête.

– Vous avez un chat dans la gorge, c'est ça ?

Archie écarte les mains en acquiesçant avec un sourire gêné.

La vieille femme retourne le registre, puis elle trempe la plume dans l'encrier avant de la tendre au visiteur.

– Vous signez ici, en bas de la page.

Sueurs froides pour Merlin. Comment son compagnon va-t-il réagir ?

Archie se saisit de l'objet, le regarde bizarrement, le renifle… La plume lui chatouille le nez ; alors il éternue à la face de Dame Jocaste.

– Hééé ! lâche celle-ci en se protégeant le visage. J'ai pas envie d'attraper vos microbes, moi !

Archie a renversé l'encrier. Il lâche la plume et trempe ses doigts dans la flaque noire, fasciné.

– Mais… mais qu'est-ce qui vous prend ? s'exclame la bibliothécaire.

Archie se fait des taches sur le visage, la barbe, sans oublier sa tunique.

– Vous avez perdu la voix ET la tête ?!

Dame Jocaste lui prend la main et presse un doigt taché d'encre en bas du registre.

– Voilà, on va dire que c'est bon, vous avez signé… et maintenant, fichez le camp ! C'est bien parce que c'est vous, hein ? Je vais devoir nettoyer toutes vos cochonneries ! Merci pour le travail supplémentaire…

Archie se dirige vers la porte à double-battant qui donne sur la salle principale. Dans son dos, il entend Dame Jocaste en train de brailler :

– Et la prochaine fois que vous verrez le roi, dites-lui donc de nous donner un peu plus d'argent ! Nos plus vieux livres tombent en poussière et on aurait bien besoin de réparer la toiture avant l'hiver prochain !

Archie hoche la tête et referme la lourde porte derrière lui.

Il règne un silence d'église à l'intérieur de la grande bibliothèque. D'ailleurs, la plupart des personnes présentes sur place sont des religieux. Assis le long de tables en bois massif, des moines très sérieux consultent de vieux ouvrages dont ils tournent les pages précautionneusement. Il y a des milliers de livres rangés sur des dizaines d'étagères ! Merlin connaît cet endroit par cœur. Il pourrait s'y orienter les yeux fermés (ce qui tombe bien puisque, sous le chapeau, il n'y voit pas grand-chose). Il guide Archie en lui chuchotant : « À gauche… puis à droite, voilà c'est ça… Maintenant, tu vas jusqu'au bout de la rangée. » Archimède obéit, docile.

Puis il ouvre une porte et descend les marches d'un escalier étroit où flotte une odeur de moisissure.

Chapitre 9

# Sorts et contre-sorts

Des torches accrochées aux murs fournissent à la salle des archives son éclairage principal. Il y a aussi quelques bougies disposées çà et là, sur des tables. Assis tout au fond de ce local, un moine au crâne lisse comme un œuf est occupé à recopier le contenu d'un manuscrit ouvert devant lui : lettres, enluminures, couleurs, il réplique tout à l'identique. Il jette un regard distrait vers celui qu'il croit être le conseiller du roi, avant de le saluer d'un signe de tête. Archie lui répond de la même manière. Personne ne parle. Ici comme au rez-de-chaussée, la concentration est la règle, et on pourrait entendre une mouche voler.

« Il faut chercher vers la droite, dans le coin des vieux grimoires », murmure Merlin.

Une fois caché entre deux rangées d'étagères, Archie soulève son chapeau pour que son maître puisse lire les titres inscrits sur le dos des ouvrages.

« Le *Necronomicon*, non… *De Vermis Mysteriis*, non… Ah ! *Sorts et contre-sorts gaéliques*, voilà qui est plus intéressant ! Tu peux prendre celui-ci. »

Archie obéit et revient dans l'espace de consultation, le livre sous un bras et ce qui ressemble à un banal chat sous l'autre.

Le moine au crâne chauve relève les yeux de ses écritures et fronce ses épais sourcils.

– Dame Jocaste vous a laissé entrer avec cette boule de poils ? lance-t-il. Je croyais que les animaux étaient interdits dans la bibliothèque…

Archie ne répond rien, se contentant d'un haussement d'épaules et d'un sourire gêné. Merlin réplique :

– Môwh !

Ce qui signifie : « De quoi je me mêle ? »

– J'imagine que le conseiller du roi a tous les droits, grommelle le religieux en secouant la tête.

Puis il replonge dans son travail minutieux.

Archie tire un banc et s'assoit à une table. Le bruit du bois qui racle contre la pierre fait de nouveau lever la tête au moine.

– Un peu de silence, maître, s'il vous plaît.

Joignant le geste à la parole, il ajoute un « chut ». Archie essaie de faire de même, mais se limite à un « chhh... » mal articulé. Le chauve le regarde comme s'il avait affaire à un simple d'esprit, puis il recommence à écrire en bougonnant.

Merlin pose la patte sur la couverture du grimoire de sorcellerie.

« Il faut que tu tournes les pages pour moi. Tu peux faire ça ? » demande-t-il en miaulant le moins fort possible.

Archie opine, ouvre le livre, passe la page de garde, jaunie et craquante. Merlin consulte le sommaire et dit : « Tu dois aller au chapitre "Sorts d'attaque : accessoires et ingrédients", au milieu de l'ouvrage… Tu feuillettes, encore, encore… Là, stop, voilà ce que je cherchais ! »

Merlin vient de voir une gravure représentant une pierre semblable en tout point à celle incrustée dans le bâton magique de Morgane !

Il lit : « La pierre du dragon ! »

Le paragraphe écrit sous le dessin explique :

*La pierre du dragon est principalement utilisée pour lancer le sort baptisé « châtiment de l'âme abjecte » (voir chapitre 12, « Les sorts interdits »). Une légende prétend également que cette pierre magique, associée à une autre, couleur de rubis, donnerait à son propriétaire des pouvoirs sans limites…*

Le cœur de Merlin s'accélère. Morgane a-t-elle la seconde pierre en sa possession ? Cela serait fort étonnant, car ces minéraux sont plus rares que l'or ou les diamants… Mais avec cette diablesse, tout est malheureusement possible !

Le magicien jette à son compère : « Tourne encore quelques pages jusqu'aux "Sorts interdits", s'il te plaît. On y est presque ! »

Archie obéit une fois de plus. Merlin passe en revue plusieurs paragraphes avant de trouver celui qui l'intéresse : « "Le châtiment de l'âme abjecte : sort permettant de séparer l'esprit du corps. Accessoires nécessaires : un bâton en bois de noisetier gris + la pierre du dragon." Oh oh, tout s'explique... "Ce sort était utilisé dans l'ancien temps pour punir les personnes qui avaient commis de mauvaises actions…" Hum, il fonctionne aussi sur les innocents, on dirait. J'en suis la preuve vivante ! »

Le magicien reconnaît sans mal la formule inscrite juste en-dessous de cette définition : *Hannalnathrar, ourwassbethud, dorieldiembhe.*

Mot pour mot la phrase prononcée par Morgane !

Il réfléchit : « L'échange des âmes s'est produit parce que ce brave Archie a bondi devant moi pour me protéger du rayon… Cette traîtresse de Morgane ne pouvait pas prévoir une chose pareille ! »

Le mal est identifié. Reste à découvrir le remède.

Merlin saute quelques lignes et poursuit : « "Contre-sort du châtiment de l'âme abjecte. Deux solutions : 1/ briser la pierre du dragon…" Hum, compliqué. Encore faudrait-il pouvoir approcher de Morgane. Voyons voir l'autre possibilité… "2/ faire boire à la victime une potion à base de bave de crapaud-buffle, salpêtre et jus de carotte. L'esprit séparé de son corps d'origine regagnera ce dernier dans la minute." »

Pour un peu, Merlin en pleurerait de joie.

« Ah, ça, c'est déjà plus simple… Nous sommes sauvés, Archie. Sauvés ! Tu m'entends ? »

Mais Archie ne l'écoute pas. Il fixe quelque chose qui se trouve du côté des étagères.

Merlin tourne la tête dans la même direction et aperçoit… une souris !

Le petit rongeur est occupé à grignoter un bout de parchemin, sans se soucier des regards qui pèsent sur lui.

Les yeux d'Archie s'agrandissent. Un tic nerveux agite sa paupière gauche. Il passe la langue sur ses lèvres. Merlin le sent prêt à bondir.

« Pas de ça, d'accord, mon vieux ? Tu vas rester calme, hein ? » le supplie-t-il.

Archie tremble, tiraillé entre ce que lui dit son maître et l'envie irrésistible de se jeter sur sa proie. Le souvenir de la bouillie à base d'orge ingurgitée en début de matinée est lointain. Son ventre crie famine. Sa pomme d'Adam bouge quand il déglutit bruyamment.

Cet état fébrile n'a pas échappé au moine chauve.

– Vous vous sentez bien, maître ? demande-t-il.

Merlin saute sur la tête d'Archie, puis il essaie de lui fermer les paupières avec ses pattes en miaulant : « Ne regarde pas, ne regarde pas ! »

Trop tard, l'instinct animal est le plus fort !

Archie craque, envoie valdinguer la table, le manuscrit, le chat magicien, et il s'élance vers la souris en courant à quatre pattes !

Le moine se dresse.

– Maître Merlin, que signifie ce cirque ?!? aboie-t-il, scandalisé.

Archie tente d'attraper le rongeur, qui se réfugie sous une étagère. Il fonce, emporté par son élan. Il cogne le meuble. Boum ! L'étagère vacille sur sa base avant de… tomber à la renverse !

« Misère ! » pense Merlin, catastrophé.

En basculant, la première étagère en entraîne une deuxième, puis une troisième, une quatrième… Boum-boum-boum ! On dirait un jeu de dominos géants. Ces culbutes à la chaîne ont provoqué un grand vacarme qui fait trembler les murs et…

– Mais qu'est-ce qui se passe ici ? hurle Dame Jocaste en déboulant dans la salle.

– C'est… c'est lui, bredouille le moine, dont le doigt tremblant désigne l'auteur de tout ce grabuge. C'est lui le responsable !

Archie est toujours à quatre pattes. L'air pris en faute, il a la souris entre les dents. La petite queue grise s'agite, signe que la bestiole est toujours vivante.

– Non mais je rêve ! s'exclame la bibliothécaire. Vous avez bu ou quoi ?!!

Soudain, elle aperçoit Merlin… bien sûr sous forme de chat.

– Qui a amené cet animal ici !? Vous n'avez pas lu les affichettes, à l'entrée ?! C'est interdit !

La vieille dame ressemble à un dragon furieux. Elle braille, postillonne, et il semblerait que ses yeux vont lui sortir des orbites.

– Dehors ! Dehors ! Je ne veux plus vous voir dans MA bibliothèque ! Plus jamais ! Et dites bien à votre ami le roi qu'il va devoir payer les réparations !

Archie recrache la souris, qui file se cacher sous une étagère renversée. Une seconde plus tard, il ramasse Merlin et remonte l'escalier en courant, terrorisé par la gardienne des lieux !

## Chapitre 10

# Que la fête commence !

Dressés vers le ciel, les clairons chantent leur sonnerie solennelle.

On a déroulé le tapis rouge pour Lord Kurgan, l'ambassadeur du royaume du Nord. Coiffé d'un casque à cornes qui n'est pas sans rappeler le couvre-chef traditionnel des Vikings, ce solide guerrier au cou de taureau remonte une haie d'honneur composée de chevaliers, puis il s'arrête devant Arthur et incline la tête.

– Salutations, Sire, dit-il.

– Salutations, réplique le souverain.

Sa sœur Morgane se tient à côté de lui, en tant que nouvelle conseillère royale. Elle a revêtu ses plus beaux atours. Une tresse de fleurs décore ses cheveux.

– Votre voyage a-t-il été bon, Lord Kurgan? demande-t-elle.

– Excellent, ma dame, répond le barbare. Forêts magnifiques, auberges confortables… Votre pays est des plus accueillants.

Arthur tape dans ses mains et annonce:

– Et cela ne fait que commencer! Les festivités vont durer une semaine, mon cher… Mais je parle, je parle, et je manque à tous mes devoirs d'hôte. Vous devez être affamé. Allons festoyer!

Un quart d'heure plus tard, on mange et on discute dans la grande salle de réception. Musiciens, jongleurs et acrobates divertissent les invités pendant que le fou du roi secoue ses grelots et s'essaie à des pas de danse maladroits, l'air nigaud, en ponctuant ses gesticulations de grands rires.

Portés par les gens de maison, les plats circulent d'un bout à l'autre des nombreuses tables de banquet. Beaucoup de gibier au menu (sanglier, chevreuil, perdrix, pigeons en croûte), mais aussi des truites cuites à l'étouffée dans de la glaise, de la salade mêlée d'épinards, de prunes et de noix pilées, des escargots à l'ail ou au miel…

Tous mangent avec leurs doigts. De temps en temps, un serviteur passe en proposant à chacun un bol d'eau, récipient dans lequel les convives se lavent les mains… si le cœur leur en dit. Les plus négligents s'essuient sur leur tunique. Lord Kurgan, lui, s'essuie carrément avec sa barbe, et les hommes de son escorte font de même !

Morgane se penche à l'oreille de son frère.

– Ces sauvages sont vraiment repoussants.

– Allons, répond Arthur. Un peu de respect envers nos invités.

La magicienne est assise à la gauche du roi. À la droite de ce dernier se tient la reine Guenièvre, somptueuse dans sa robe de brocart. L'ambassadeur est placé en face du couple royal. Il mange comme dix. Arthur le regarde d'un œil distrait. Il a clairement la tête ailleurs.

– Qu'y a-t-il ? demande Morgane. Tu parais… absent.

– Je pense à Merlin… Où est-il allé après l'incendie de l'asile ? Que devient-il ?

– Je suis sûre qu'il va très bien… Tu t'inquiètes pour lui tout comme lui s'inquiète pour son stupide chat ! On finira bien par les retrouver l'un et l'autre, ne t'en fais pas.

« Dans quel état, ça, c'est une autre histoire », ajoute Morgane pour elle-même.

Avec un peu de chance, le conseiller préféré du roi fera une mauvaise rencontre. La ville n'est pas un endroit sûr pour un vieillard qui n'a plus toute sa tête.

Tout à coup, Lord Kurgan se dresse et jette :

– Je lève ma coupe au bon roi Arthur, seigneur de légende à la hauteur de sa réputation. Voilà un homme qui sait recevoir. Merci pour ce magnifique banquet, Sire !

Le maître des lieux baisse le menton en esquissant un sourire triste (décidément, il ne peut arrêter de penser à son ami porté disparu).

## Chapitre 10

Lord Kurgan vide le contenu de sa coupe, et tout le monde l'imite en braillant :

– Au roi Arthur !

Des serviteurs s'empressent de remplir de nouveau verres, coupes et gobelets.

Arthur prend la parole à son tour :

– Merci à vous pour ces mots qui tintent agréablement à mes oreilles, messire ambassadeur. Je suis sûr que nos deux royaumes vont trouver

un terrain d'entente et que nous sortirons de ces négociations plus proches que jamais.

– Je n'en doute pas, Sire.

Arthur se tourne vers sa sœur et murmure :

– Ces gens sont pleins de bonne volonté, finalement.

Morgane hoche la tête avant de demander :

– Est-il vrai que Lord Kurgan va participer au tournoi ?

– C'est prévu, en effet.

– Donc il a sans doute emporté dans ses bagages la fameuse armure qui lui vaut le surnom de « Chevalier noir » ?

– J'imagine… Pourquoi cette question ?

– Pour rien, pour rien…

On apporte des gâteaux au citron. Morgane surveille Lord Kurgan et ses gardes du corps comme un oiseau de proie observe un lapin ou une belette qui a eu l'imprudence de s'aventurer à découvert. Les hommes du Nord dévorent leurs parts en rigolant.

« Ces sauvages possèdent un trésor dont ils n'ont même pas conscience, songe la magicienne. Un trésor qui, bientôt, sera mien… »

La jeune femme sourit. Son plan continue de se dérouler sans entrave… et rien ne pourra l'arrêter !

Chapitre 11

# Chez l'apothicaire

Les gardes patrouillent par groupes de cinq ou six. Chaque fois qu'ils croisent un passant, ils montrent une affiche sur laquelle est dessiné le portrait de Merlin.

– Avez-vous vu cet homme ?

Les gens secouent la tête. Certains questionnent en retour :

– C'est qui ?

Ou encore :

– On dirait ce vieux barbu qui conseille le roi, là… Comment il s'appelle, déjà ?

Bref, pour l'instant, on ne peut pas dire que les recherches soient couronnées de succès.

# Chapitre 11

Merlin et Archie évitent de se faire remarquer. Ils rasent les murs. Ils se cachent sous des porches ou derrière des tonneaux, des chariots dès qu'ils entendent des bruits d'armures… mais ce petit manège ne pourra pas durer éternellement.

« On va finir par se faire repérer. Il faut que tu changes de vêtements », dit Merlin à son compagnon en robe de magicien.

Justement, ils aperçoivent un moine qui vient de sortir d'une taverne. Le religieux a la même taille que l'enchanteur. Les joues cramoisies, il étouffe un rot. Il tient un pichet à la main et titube à tel point qu'il doit s'appuyer à un mur de l'autre pour ne pas perdre l'équilibre.

« Voilà notre chance ! miaule Merlin à l'oreille d'Archie. Occupe-toi de lui ! »

Archie se précipite et prête son bras à l'ivrogne, comme s'il voulait l'aider à tenir debout.

– Merci – hic ! hoquette le moine.

Archie l'entraîne dans une ruelle déserte. Il a toujours Merlin sous le chapeau, qui joue les conseillers à coups de miaulements discrets :

– Maw mawmaoh !

Ce qui veut dire : « Et maintenant tu lui cognes sur la tête ! »

Bing ! Aussitôt dit, aussitôt fait. Archie échange sa tenue de magicien avec la robe de bure du religieux assommé. Il serre la corde-ceinture autour de sa taille et rabat la capuche marron sur son visage. Résultat : on ne voit plus qu'une longue barbe anonyme qui dépasse d'une poche d'ombre.

« Parfait », déclare Merlin, satisfait.

Il saute sur l'épaule de son compère.

« J'ai du salpêtre et du jus de carotte dans mon atelier, annonce-t-il en se rappelant les ingrédients détaillés dans le grimoire. Le problème, c'est la bave de crapaud-buffle. On n'en trouve pas à tous les coins de rue… »

Archie indique son ventre.

« Oui, et on essaiera également de se procurer à manger, d'accord », promet Merlin.

Archie lèche son maître.

« Arrête ça, tu vas nous faire repérer ! »

## Chapitre 11

Il est vrai qu'un homme qui lèche un chat, ce n'est pas très courant.

Les deux compères retournent se mélanger à la foule des passants. Personne ne remarque ce moine qui trimballe un matou grassouillet sur son épaule. Il y a beaucoup de monde dans les rues. Des gens sont venus en grand nombre des campagnes environnantes. Des banderoles invitent les badauds à se rendre au tournoi organisé derrière les remparts de Camelot. Merlin a une pensée émue en songeant à son ami le roi. Le reverra-t-il un jour ?

Soudain, il plante ses griffes dans la peau de son compagnon et miaule : « Stop ! »

Une enseigne suspendue au-dessus d'une porte a attiré son attention : « Apothicaire ».

Devant l'air idiot d'Archie, il complète : « Dans cette boutique, on achète des ingrédients rares qui servent à fabriquer des médicaments… Ils ont peut-être de la bave de crapaud-buffle ? Allons jeter un coup d'œil… »

Le duo pousse la porte. Une petite clochette tintinnabule pour avertir le commerçant qu'il a de nouveaux clients. Tout petit et bossu, celui-ci s'affaire pour le moment au fond de sa boutique. Les rayonnages sont encombrés de récipients en verre remplis de liquides colorés, d'élixirs, de tisanes et autres infusions, sans oublier les crèmes, lotions et onguents de toutes sortes.

Archie promène un regard émerveillé sur tous ces produits rangés le long des murs, sur des étagères.

« Là ! » s'enflamme Merlin.

Il montre de la patte un bocal dans lequel macère une espèce de grenouille horrible.

« Un crapaud-buffle », lâche-t-il, le cœur plein d'espoir.

– Oh, un produit exceptionnel, il vous faut !

Nos héros baissent les yeux sur le gnome bossu qui s'approche en se dandinant d'une démarche malhabile, appuyé sur une canne. Il a la peau fripée comme une vieille pomme, de grands yeux globuleux et le teint olivâtre. Pour tout dire, il ressemble un peu au batracien exposé dans son bocal.

– Dayo est mon nom, dit-il en guise de présentation. À votre service, je suis.

L'apothicaire montre le crapaud du bout de sa canne.

– De lointaines contrées, il vient. Très rare, il est. Donc… très cher. (Puis, avec un sourire malicieux :) Savoir combien, vous voulez ?

Merlin opine. Imitant son maître, Archie fait la même chose avec un temps de retard.

– Dix écus. Sur vous, l'argent vous avez ?

Merlin miaule négativement et Archie retourne les pochettes accrochées à sa corde-ceinture. Elles sont vides.

– Vous offrir ma marchandise, je ne puis, rétorque Dayo. Désolé, je suis… Revenez me voir quand les écus vous aurez ?

Merlin est très déçu. Archie prend un air suppliant et essaie de faire des yeux de chaton, pupilles dilatées… mais la ruse féline ne fonctionne pas.

– Pour m'émouvoir, davantage il en faut, déclare le gnome intraitable.

Le duo ressort dans la rue. Merlin soupire un grand coup. Il est découragé. La mort dans l'âme, il suggère une chose humiliante à son compagnon : « Tu t'assois contre le mur, là-bas, et tu tends la patte, enfin, la main… »

La mendicité ! Ce n'est pas très glorieux, mais le magicien ne voit pas d'autre solution pour gagner de l'argent présentement.

Avec un peu de chance, peut-être que les quidams auront pitié d'un vieillard sans le sou et de son chat ?

Chapitre 12

# Entraînement

Une heure passe. Puis deux. Puis trois.

Archie est fatigué de tendre la main, d'autant que la recette de l'après-midi n'a pas été fameuse : de la menue monnaie et un quignon de pain (« Pour le chat, hein, pas pour vous », a bien précisé le généreux donateur).

« C'est pas avec ça qu'on va pouvoir acheter de la bave de crapaud », se lamente Merlin dans un miaulement affligé.

Il ne sait plus à quel saint se vouer. Apparemment, faire la manche n'était pas la bonne solution.

Comment gagner beaucoup d'argent rapidement ?

« Le vol ? » songe le magicien.

Il secoue la tête. Non, il ne peut pas se résigner à une telle chose.

Alors quoi d'autre ?

La réponse lui parvient sous la forme d'une conversation anodine. Deux passants discutent sans même relever la présence du mendiant et de son matou. Voilà ce qu'ils se racontent :

– Mon beau-frère a remporté le gros lot, à la taverne du Chat qui fume, la semaine dernière : dix écus en une seule fois !

– Waouh, belle somme !

Dix écus, c'est exactement le montant dont Archie et Merlin ont besoin. Ce dernier réfléchit à toute vitesse : la taverne du Chat qui fume ? N'est-ce pas cet endroit où, d'après la rumeur, on organise des combats d'animaux ? La suite de l'échange vient confirmer cette hypothèse :

– Mon beau-frère avait parié à cinq contre un sur Maousse Costaud dans son duel face à Cat Stevens !

– Il n'y a que des combats de chats, là-bas ?

– Non non… Tu peux aussi parier sur des chiens, des coqs, des belettes…

Les deux badauds passent leur chemin pendant que Merlin plisse la truffe. Si sa mémoire ne lui joue pas de tour, la fameuse auberge est située au cœur du quartier le plus mal famé de la ville.

« Tant pis, se dit-il. Aux grands maux, les grands remèdes ! » Il se tourne vers Archie : « Je vais avoir besoin de ton expérience, mon ami. »

Nos héros ont trouvé une ruelle tranquille à l'écart des grands carrefours animés. C'est ici que Merlin va s'entraîner, coaché par son compagnon, car il est bien décidé à se rendre à la taverne du Chat qui fume dès ce soir. Il demande à Archie : « Bon, tu t'es déjà bagarré avec tes semblables, j'imagine, lorsque tu t'absentes de ma tour pendant plusieurs jours d'affilée ? »

Archimède opine.

« Très bien. Alors, comment on fait ? Position d'intimidation : montre-moi. »

Archie se met à quatre pattes d'un bond, ongles plantés dans le sol. Ses yeux s'agrandissent, mais ses pupilles se rétrécissent. Son cou s'étire vers l'avant pendant qu'il remue du popotin et grogne en même temps. Merlin l'imite. Sa queue se met à onduler tel un serpent, dressée sur son postérieur, ses poils du dos se hérissent, et il sent que quelque chose monte en lui. De la force ? De la colère ?

« Hééé ? On dirait que ça marche ! »

Il grogne à son tour.

« OK, phase deux, maintenant. Je fais quoi ? »

Archie crache, puis se lance dans une série de vocalises menaçantes ponctuées de jacassements.

Merlin crache, mais ce n'est pas très convaincant. On dirait plutôt qu'il tousse. Et pour les vocalises, il a surtout l'impression de caqueter comme une poule !

« Hum, bon, passons directement à la phase trois : attaque ! »

Archie saute en l'air, mouline des bras, des jambes, à toute vitesse, sans s'arrêter de cracher, feuler, brailler…

« Attends, attends, là, ça va trop vite, j'y comprends rien ! » se plaint Merlin.

Archie retombe par terre, tout essoufflé.

En son for intérieur, l'enchanteur se dit : « C'est pas gagné ! Ce qu'il me faudrait, c'est une de ces potions venues d'Orient qui décuplent force et agilité. » Il repense à celle que Maître Wushu, un ami chinois, lui avait offerte, quelques années plus tôt. « Mais pour l'instant, je vais devoir me débrouiller par mes propres moyens. »

Soupirant un bon coup, il sollicite de nouveau son compagnon : « Allez, Archie, recommence la démonstration, mais plus lentement… »

## Chapitre 13

# Scandale à la cour !

La soirée est déjà bien entamée, mais la fête bat toujours son plein. Lord Kurgan a trop bu, trop mangé.

– Aaaah, je vais prendre un peu l'air, dit-il aux hommes qui composent son escorte. Rien de tel que la brise du soir pour digérer !

Le ventre rempli comme une barrique, il se lève pesamment et se dirige vers des tentures qui, une fois écartées, ouvrent sur un grand balcon dominant la cour du palais.

Morgane n'a pas quitté le barbare des yeux. Elle confie à son frère :

– Je sens que la fatigue me gagne. M'autorises-tu à prendre congé ?

– Oui, bien sûr, chère sœur, répond le roi. Va te reposer…

La magicienne salue ses voisins de table et sort de la salle. Elle a le cœur battant, car son plan entre à présent dans une phase décisive. Une fois seule dans le couloir, elle ne perd pas de temps et choisit de se diriger vers l'escalier qui monte aux étages supérieurs. Les quartiers des invités se trouvent tout en haut du bâtiment. Ils ont, de cette manière, une vue imprenable sur les environs, panorama censé les impressionner en leur montrant l'étendue de la ville, sa majesté.

Morgane croise quelques gardes, qui la saluent avec respect. Heureusement pour elle, il n'y a personne dans le couloir au bout duquel est située la chambre de Lord Kurgan. Néanmoins, elle s'avance à pas prudents, comme si elle marchait sur des œufs.

Elle prononce à voix haute la formule « *Ostium !* ». Aussitôt, un cliquetis se fait entendre à l'intérieur de la serrure, puis la porte s'ouvre lentement en grinçant.

Morgane se glisse dans la chambre de l'invité royal. Elle voit un lit à baldaquin, une armoire en bois sculpté, une table de travail avec tout ce qu'il faut pour écrire des missives, puis son regard s'arrête sur un grand coffre de voyage. Elle s'en approche, et les battements de son cœur s'accélèrent encore, car elle touche au but.

« Le pouvoir ultime est enfin à la portée de ma main… »

– *Ostium !*

La serrure du coffre n'offre pas plus de résistance que celle de la porte. Le lourd couvercle se soulève et la magicienne se penche pour contempler la magnifique armure couleur d'ébène rangée à l'intérieur.

« Victoire ! »

Elle sourit d'une oreille à l'autre. Ses yeux s'écarquillent de convoitise.

La couleur sombre n'est pas la seule particularité de l'armure qui vaut à Lord Kurgan son surnom de Chevalier noir : il y a aussi cette pierre aux reflets de rubis fixée sur la plaque de métal censée protéger le combattant, au niveau du cœur.

« Un des minéraux les plus rares du monde », songe Morgane.

Elle regarde la pierre du dragon enchâssée au bout du bâton en bois de noisetier.

« Si la légende dit vrai, la réunion de ces deux merveilles me donnera un pouvoir infini… Oublié, Merlin l'Enchanteur ! Ce sera désormais moi la magicienne la plus célèbre de toute l'histoire ! »

Morgane tremble. Elle a la gorge sèche. Elle sort de sa tunique la petite dague effilée qui va lui permettre de décrocher la pierre rouge de l'armure. Elle plonge la main dans le coffre et…

– Ne vous gênez pas surtout ! tonne une voix grave.

La sœur du roi fait littéralement un bond sur place et lâche un cri de surprise. Elle se retourne. Lord Kurgan se tient sur le seuil de sa chambre, ses gros poings de barbare calés sur les hanches, jambes légèrement écartées.

– Qu'est-ce que vous faites dans mes quartiers ? Qui vous a donné l'autorisation d'entrer ici ?

Morgane bafouille :

– Je… je voulais m'assurer que… que vous étiez bien installé, messire.

– En fouillant dans mes affaires ?!

– C'est que, heu, non, mais… les apparences sont parfois trompeuses et…

Lord Kurgan n'attend pas la suite des piteuses explications. Il ressort dans le couloir en criant :

– À la garde ! Au voleur !

Aussitôt, des hommes casqués et armés de hallebarde arrivent en courant.

– Cette femme a voulu me voler ! rugit l'ambassadeur en désignant Morgane.

– Je proteste ! riposte celle-ci.

– Voleuse !

– Menteur !

On dirait deux enfants dans une cour de récréation. Les gardes échangent des coups d'œil embarrassés. C'est tout de même la sœur du roi qui est mise en cause. D'ailleurs, voilà que le souverain en personne se présente, suivi de ses chevaliers et de l'escorte de l'ambassadeur.

– Que signifie ce remue-ménage ? lance-t-il. On vous entend depuis les étages inférieurs !

Morgane décide de jouer le tout pour le tout. Sans laisser à son accusateur le temps de répondre, elle sanglote entre deux hoquets :

– Lord Kurgan m'avait donné rendez-vous dans sa chambre pour, disait-il, me parler d'un projet d'alliance entre nos deux royaumes, mais… quand nous nous sommes retrouvés seuls, il m'a fait des avances très insistantes et je l'ai repoussé, alors… alors il est devenu comme fou et il a dit « Ça, ma petite, tu vas me le payer », puis il a appelé la garde et raconté tous ces mensonges à mon propos, comme quoi j'aurais essayé de le voler, de le…

Arthur lève la main, pâle comme la mort, pour intimer à sa sœur d'arrêter de parler. Il se tourne vers le représentant du royaume du Nord. Dans le couloir, tout le monde retient son souffle.

– Lord Kurgan, qu'avez-vous à dire pour votre défense ?

– Ma défense !? s'exclame le gros barbu. C'est le monde à l'envers ! Cette femme ment comme elle respire : elle s'est introduite dans mes quartiers sans y être invitée !

On n'a jamais vu pareil scandale éclater à la cour. Les gardes du corps de Lord Kurgan se regroupent autour de ce dernier. Lancelot et Perceval ont déjà sorti leur épée du fourreau. Arthur leur intime de ne plus bouger, car la situation est sur le point de dégénérer en bataille rangée.

Morgane se jette aux pieds du souverain.

– Mon frère, vas-tu me laisser insulter de la sorte ?

Arthur avale sa salive. Il hésite.

– Je suis innocent de ce dont on m'accuse ! affirme Lord Kurgan. Aussi, je demande réparation : la vérité par les armes !

– Mon frère, jette Morgane d'une voix suppliante.

Arthur serre les mâchoires, puis lâche dans un soupir :

– Je relève le défi.

– Sire ! intervient Perceval. Laissez-moi prendre votre place.

– Impossible, beau doux ami, répond le roi. En tant que frère de la damoiselle mise en cause, c'est à moi d'affronter le jugement des armes.

Nouveau soupir, puis :

– Le duel aura lieu demain, à l'occasion de l'ouverture du grand tournoi donné en votre honneur, Lord Kurgan. Êtes-vous satisfait ?

– Pleinement, Sire. Je n'ai rien à craindre, car je me sais dans mon bon droit.

Arthur baisse les yeux sur Morgane.

– Et toi, ma sœur, es-tu satisfaite ?

– Tout à fait, répond celle-ci en se relevant, pleine de dignité.

Mais au fond d'elle-même, elle est très contrariée. En la surprenant les deux mains dans le pot de confiture, le barbare a compromis son joli plan.

« Compromis ne signifie pas réduit à néant, songe-t-elle. Je trouverai bien une manière de retourner la situation à mon avantage… »

Aussi rusée que la Circée d'Homère, la magicienne a plus d'un tour dans son sac !

## Chapitre 14

# Au Chat qui fume

Capuche rabattue sur le visage, Archie marche dans les rues sales et puantes des bas quartiers. L'odorat tout neuf et délicat de Merlin est mis au supplice. Ce dernier se tient toujours sur l'épaule du « vieux moine », un peu à la manière d'un perroquet.

Pas grand monde dehors, à cette heure tardive. Il faut dire que le décor ressemble à un vrai coupe-gorge. Merlin s'attend à ce que des bandits surgissent à chaque tournant. L'avantage, c'est qu'il peut voir la nuit comme en plein jour, ou presque, grâce à son corps félin. En effet, les chats sont nyctalopes !

Ses oreilles coniques se dressent. Il entend beaucoup mieux qu'avec son ouïe humaine. Il a perçu de la musique et des rires gras : la taverne n'est plus très loin.

Archie accélère le pas. Cette porte surmontée d'une enseigne sur laquelle on a dessiné au pinceau un gros minet en train de fumer la pipe… c'est sûrement là !

Archie gratte à la porte avec ses ongles.

« Non, tu dois frapper et pas gratter, explique patiemment Merlin. Avec le poing fermé, comme ça, toc toc… »

Archimède obéit.

Un petit panneau coulisse. Un œil méfiant et un sourcil épais s'encadrent dans l'ouverture ainsi ménagée.

– C'est pour quoi ? fait une voix pas aimable.

– Maow, répond Merlin.

Soit l'homme comprend les miaulements, soit il est habitué à voir débarquer des inconnus accompagnés de chats. En tout cas, il fait entrer le moine encapuchonné et son animal de compagnie.

Le volume sonore monte en puissance d'un coup, tout comme l'odeur de nourriture et d'alcool.

De joyeux braillards sont attablés dans la salle éclairée par la lueur jaunâtre des chandelles de suif. Ils boivent à grandes lampées, entrechoquent leurs verres bruyamment ou s'affrontent au bras de fer, quand ils ne s'écroulent pas tout simplement le nez dans leur gamelle, ivres morts. Un jeune garçon passe entre les tables en faisant rouler au sol un tonneau cerclé de métal. Des serveuses naviguent d'un groupe de clients à l'autre. Elles ignorent les plaisanteries lourdes et esquivent les mains baladeuses avec habileté. Elles n'ont pas une seconde de répit, à l'image du tavernier très affairé qui remplit les chopes de bière et les carafes de vin aussi vite que les commandes lui parviennent. Un feu brûle dans la cheminée. Des côtelettes de porc disposées sur un grill rissolent.

– Suivez-moi, dit le costaud posté derrière la porte.

Il traverse la salle, accompagné du duo. Au remue-ménage tapageur succède le silence d'un long couloir encombré par des caisses de bouteilles vides, puis il faut descendre un escalier taillé dans la pierre. Une nouvelle sorte de brouhaha se fait entendre à mesure que nos héros se rapprochent de la dernière marche : chahut composé de miaulements, aboiements, sifflets, cris de victoire ou de frustration…

« Je me demande si c'était une bonne idée de venir ici, finalement », murmure Merlin pour lui-même.

Archie n'a pas l'air davantage rassuré.

Le plafond voûté du sous-sol est soutenu par de solides piliers de granit. L'endroit semble encore plus large que haut : on n'en voit pas le fond. Des hommes aux trognes mauvaises ont formé un cercle. Ils paraissent au comble de l'excitation. Et ça gueule, et ça braille ! Le cœur de Merlin

se serre quand il aperçoit des animaux prisonniers de cages individuelles posées sur la terre battue : chats, chiens, coqs, furets, mangoustes…

Le balaise conduit les nouveaux venus jusqu'à une table derrière laquelle une femme obèse, très maquillée et mal attifée, est assise. Posée devant elle, il y a une petite cassette en bois verni débordant de pièces brillantes. On dirait un trésor de pirates modèle réduit. Sans doute la cagnotte des paris ?

– Bonne chance à vous, lâche l'homme aux sourcils épais.

Puis il repart à son poste pendant que les cris continuent de plus belle.

La grosse dame avise ceux qu'elle prend pour un homme et un chat banals avant de demander :

– C'est pour parier ? Pour combattre ? Les deux ?

Merlin donne un coup de coude, enfin, de patte, à Archie et celui-ci opine du chef.

La femme grimace.

– Sans vouloir être médisante, vot' bestiau m'a tout l'air de manquer d'entraînement, m'sieur. Vous êtes sûr qu'il est de taille à se défendre ?

Nouveau coup de patte suivi d'un hochement de tête.

– Très bien. Choisissez votre adversaire : Minouche l'Invincible ? Crazy Cat ? Maousse Costaud, surnommé « Griffes de la mort » par ses amis comme par ses ennemis ?

Gulp ! Merlin déglutit.

– Vous avez aussi McWiskass, le Tigre des Highlands… Mais lui, personne ne veut plus l'affronter depuis qu'il a réduit son dernier rival en pâté pour… chat. Évidemment, si vous le battez, ça rapporte gros. Très gros. Ça vous tente ?

Les deux compères se regardent. Pas le choix. Ils ont besoin de cet argent.

– Miow, lâche un Merlin résolu.

– J'imagine que c'est un « oui », bougonne la femme en ouvrant un gros manuscrit rempli de colonnes chiffrées. Bon, je vous inscris pour le prochain combat. Vous misez sur vous ?

– Maow.

– D'accord. Vous pariez combien ?

Archie tend à la grosse dame les quelques piécettes récoltées durant la journée.

– C'est tout ?

Le vieux barbu acquiesce. La femme prend les pièces, qu'elle jette avec toutes les autres, dans la cassette, en grommelant :

– Bon, d'accord… Et comment il s'appelle, votre chat.

Pas de réponse.

– On vous a coupé la langue ? Vous êtes muet, papi, ou quoi ?

Archie ne peut qu'acquiescer une nouvelle fois.

Soupir de la grosse dame. Elle se lève et se dirige vers une énorme ardoise posée contre le mur. Sous les mots « PROCHAIN COMBAT », elle note à la craie :

McWISKASS contre LE CHAT DU MUET

Des cris et des applaudissements annoncent qu'un duel vient de se terminer. Un homme sort du cercle des spectateurs. Il tient dans ses bras un coq tout déplumé, mal en point… sans doute le perdant du dernier combat.

Merlin avale sa salive avec difficulté, et un frisson d'angoisse lui remonte le long de l'échine.

– C'est à vous, papi ! dit la grosse dame.

Archie emmène Merlin au centre de la salle. Des rires moqueurs et méprisants les accueillent :

– C'est *ça*, l'adversaire de McWiskass ?

– Misère, il va lui tailler des croupières !

– Ouais, ça va être une boucherie !

– Deux écus sur le Tigre des Highlands !

– Pareil pour moi !

– Trois écus !

L'argent sort des bourses ; les paris vont bon train.

L'excitation générale atteint son sommet quand la foule s'écarte pour laisser passer le fameux McWiskass, tenu en laisse par son maître, un petit bonhomme tout maigre vêtu d'un kilt écossais. L'animal porte un collier clouté. Il est énorme, menaçant. Son pelage roux taillé en pointes sur le dos lui donne des allures de stégosaure. Ses griffes démesurées paraissent plus proches du coupe-chou que des attributs d'un chat normal. Une cicatrice lui barre la truffe et il a un œil à moitié fermé.

Merlin se réfugie derrière Archie.

« Je suis trop jeune pour mourir », pense-t-il, même si son âge humain est plus que respectable.

Il s'est entraîné tout l'après-midi avec son compagnon, mais il doute que ses efforts soient d'une quelconque utilité face un combattant expérimenté tel que ce « Tigre des Highlands » !

## Chapitre 15

# Toutes griffes dehors

Un arbitre a rejoint l'arène. Il fait un peu penser à un ogre avec sa grosse barbe, ses gros yeux et sa voix caverneuse.

– Messieurs, les paris sont fermés ! hurle-t-il. Le duel va pouvoir commencer… enfin, si les deux champions sont bel et bien prêts à se battre ?

En ajoutant ces derniers mots, il fixe nos héros d'un air dur.

Archie plie les genoux et regarde son ami, comme s'il voulait lui dire : « Tu es sûr de toi ? »

Merlin a compris le message : il fait oui du museau.

Courageusement, il s'avance au centre du cercle formé par les spectateurs. Pendant ce temps, le propriétaire de McWiskass (qui est aussi son entraîneur et son soigneur attitré) a détaché la laisse de ce dernier. Le voilà qui bondit sans attendre et une clameur sauvage monte du public. Merlin roule de côté pour éviter cette charge de taureau furieux. Tant pis pour la parade d'intimidation ! Même pas le temps de mettre en pratique les leçons d'Archie. Pas le temps de souffler non plus. Une deuxième attaque du fauve écossais s'enchaîne directement avec la première ; encore une fois, le magicien se dérobe. Sifflets, cris de colère. Les parieurs sont furieux de voir l'un des félins refuser l'affrontement.

– Hoouuu !

– Bats-toi, sale bête !

– Montre-nous ce que tu vaux, dégonflé !

L'insulte a piqué au vif la fierté de Merlin.

« Moi, un dégonflé ? »

Il profite de l'assaut suivant pour faire un croche-patte à McWiskass. Le Tigre des Highlands roule dans la poussière et se relève, fou de rage d'avoir été humilié de la sorte par un débutant. Ses yeux sont injectés de sang. Il sort les griffes en mode « dévastator » !

Il bondit de nouveau, fait un vol plané à la fois gracieux et terrifiant, pattes écartées comme s'il voulait écraser Merlin (et inventer le catch avec quelques siècles d'avance), mais au moment où il va tomber sur sa cible, un vieux barbu lui saute dessus. Archie a craqué : il vole au secours de son camarade en danger, crachant et feulant comme un chat sauvage. Les spectateurs n'en reviennent pas. C'est la première fois qu'ils voient le propriétaire d'un animal prendre part au combat.

– Ouuuh, c'est quoi, ça ?

– Qu'est-ce que ça veut dire ?

– C'est pas du jeu !

L'arbitre essaie de séparer animaux et humain, mais le propriétaire de McWiskass se rue dans l'arène, ajoutant à la confusion générale.

– Lâche mon chat, toi ! crie-t-il à Archie.

– Ouuuuh, remboursé ! hurle quelqu'un.

– Ouais, on veut notre argent ! ajoute un parieur.

– La maison ne rembourse pas les sommes engagées, répond la grosse dame.

– Quoi ?

– Hein ?!

L'entraîneur du Tigre des Highlands a voulu frapper Archie, mais son coup de poing rate sa cible et touche l'arbitre au menton. Celui-ci cligne des yeux, sonné, puis riposte par un uppercut. L'Écossais, léger comme une plume, vole dans la foule des parieurs. En s'écartant pour éviter ce projectile vêtu d'un kilt, un homme écrase le pied de son voisin, qui lui expédie un direct en pleine face en retour. C'est le début d'une mêlée générale où tout le monde tape sur tout le monde. Les insultes pleuvent. Les coups aussi.

– Du calme ! crie la femme chargée de prendre les paris.

Mais personne ne l'écoute.

En moins d'une minute, sa table est renversée et elle se retrouve les fesses par terre, à vociférer :

– Aidez-moi à me relever, bon sang !

Merlin s'est glissé hors de la mêlée. Les cages des animaux sont fermées par de simples targettes en bois qu'il fait coulisser d'un coup de patte. Les portes s'ouvrent. Chiens, chats, volailles et rongeurs s'échappent dans un vacarme de basse-cour déchaînée. Les propriétaires des animaux arrêtent de se bagarrer pour se ruer à la poursuite de leurs biens, mais il est trop tard : les champions à poil ou à plume remontent l'escalier pour envahir la salle du rez-de-chaussée et sortir dans la rue en semant une pagaille monstre.

Merlin est très content de lui. Il s'apprête à se lancer à la recherche d'Archie, quand un grognement le fait se retourner.

McWiskass le fixe d'un œil rancunier, l'air de dire : « Toi, tu vas me payer ça ! »

Le Tigre des Highlands tient sa revanche.

Merlin se fige et adresse une dernière prière au dieu des magiciens.

Soudain, McWiskass se ratatine. Il se fait tout petit à mesure qu'une ombre menaçante le recouvre. Cette ombre appartient à l'un des animaux que Merlin vient de libérer : un berger allemand énorme avec des mâchoires à faire peur à un fauve. D'ailleurs, le Tigre des Highlands ne demande pas son reste et file à toute vitesse, terrorisé. Merlin remercie le chien d'un « maoww » reconnaissant. Sur le médaillon accroché au collier de l'animal, on peut lire « Gunthar, la terreur du Tyrol » ! Le chien lèche le chat d'un coup de langue affectueux, et chacun part de son côté.

Merlin aperçoit Archie un peu plus loin, à quatre pattes, en train de se remplir les pochettes avec le contenu de la cassette tombée par terre !

« Bien joué ! » se dit le magicien.

Cet argent, ils l'ont mérité.

– Au voleur ! aboie la grosse dame.

Une fois encore, elle crie dans le vide : les parieurs sont occupés à se taper dessus ou à essayer de remettre la main sur les animaux.

Profitant du désordre, nos héros prennent la poudre d'escampette sans dire au revoir. Une fois dans la rue, ils continuent de courir pendant au moins cinq minutes, jusqu'à ce qu'ils soient certains qu'on ne les a pas suivis.

Le souffle court, ils se laissent glisser au sol, soulagés, puis Archie se met à rire bizarrement et Merlin l'imite en miaulant par petits coups. Ah, ça fait du bien de rigoler ! Les deux amis font un check, épuisés mais contents.

« Décidément, on forme une bonne équipe », songe le magicien.

Chapitre 16

# Le grand jour est arrivé

Debout devant un miroir en pied, Arthur bombe le torse. Pour l'heure, il est simplement vêtu d'une longue chemise et de braies. Il se prépare au duel, aidé de ses pages et ses écuyers. Tout ce petit monde s'active autour de lui, pareil à des abeilles excitées. Un garçon d'une quinzaine d'années entreprend d'habiller le souverain en commençant par d'épaisses chausses et une cotte rembourrée à manches longues, boutonnée sur le devant.

– Pliez le bras, Sire. Oui, voilà, merci.

Arthur se laisse faire. Il a la tête ailleurs et pense au futur duel. Quelle tactique employer ? L'attaque à outrance ou bien la défense, en espérant que

l'adversaire se fatigue le premier ? Lord Kurgan a l'air d'être un rude combattant, solide et résistant. Il ne faut pas le sous-estimer.

Un écuyer a pris le relais du page. À l'aide de bandes de cuir, il relie les lames de métal articulées qui couvrent les jambes de son maître, des cuisses aux mollets, puis il fait la même chose pour les bras. À chaque pièce de métal, il demande au roi de remuer ses membres pour s'assurer que les liens ne sont pas trop serrés. Vient le moment d'enfiler la tunique de mailles, lourde et cliquetante. On attache alors les plates protégeant la poitrine et le dos. Elles ont été astiquées comme de l'argenterie.

– Sire, nous aimerions vous parler, fait une voix familière.

Arthur n'a pas besoin de tourner sa tête à présent recouverte d'une calotte de fer. Il a reconnu Perceval, son compagnon de longue date. Celui-ci mène une délégation de chevaliers à la mine soucieuse.

– Je sais ce que tu vas me dire, beau doux ami, soupire Arthur. Un roi ne devrait pas s'exposer dans un duel à mort, n'est-ce pas ?

– Désignez l'un d'entre nous, répond le chevalier. Celui qu'il vous plaira. Et ce sera grand honneur que de relever le défi à votre place.

Arthur se retourne lentement. Il est impressionnant dans sa carapace de métal doré qui brille de mille feux.

– L'offre est généreuse, mais, comme je vous l'ai déjà expliqué hier, je ne peux me soustraire à mon devoir. Je suis le plus proche parent de la dame insultée. C'est à moi, et à moi seul, qu'il revient de laver son honneur.

Mais, alors qu'il prononce ces paroles, le roi sent un malaise gonfler en lui, pareil à une mauvaise levure. Il connaît Morgane mieux que quiconque. Sa sœur est une femme complexe, ambitieuse et égoïste. Aurait-elle menti ?

« Non, je ne peux pas croire qu'elle soit aussi immorale, se dit le souverain en essayant de se rassurer comme il peut. Pourquoi irait-elle inventer de pareilles calomnies ? Qu'est-ce que cela lui rapporterait ? »

S'engager dans un duel à mort le cœur plein de doutes n'est jamais une bonne chose.

« Merlin, où es-tu, fidèle parmi les fidèles, quand j'ai tant besoin de tes conseils ? »

## Chapitre 16

Pour l'heure, Merlin est revenu dans la rue de l'apothicaire. Roulé en boule, il ronfle à côté d'Archie, qui dort lui aussi, dos calé contre un mur lézardé.

Les deux amis se réveillent d'un coup quand la porte de la boutique s'ouvre en produisant son petit bruit de clochette caractéristique. Le gnome Dayo met le nez dehors, avant de marquer un temps d'arrêt.

– Encore là, vous êtes ? s'exclame-t-il après avoir aperçu le duo aux paupières encore lourdes de sommeil.

Archie se lève en une seconde, vif comme un chat, et donne au commerçant l'argent récupéré la veille.

– Ooooh, dans la mendicité, je vais me reconvertir, car gros cela rapporte ! déclare le petit homme, taquin. Un secret, vous avez ?

Pour toute réponse, Archie et Merlin font leurs yeux de chaton en simultané.

Dayo rigole :

– Malins, vous êtes. Votre bave de crapaud, je vais chercher…

La poitrine du magicien se gonfle d'espoir : on dirait que la chance tourne enfin !

Arthur s'entraîne à manier Excalibur devant son miroir. Il observe ses mouvements avec soin et enchaîne les passes, lorsque Morgane entre dans la pièce, un sourire triste aux lèvres.

– Je suis venue te souhaiter bonne chance, mon frère, dit-elle.

Le roi marque une pause.

– Morgane, tu tombes bien, répond-il en pivotant sur lui-même. Je voulais te parler seul à seule.

– Je t'écoute.

Frère et sœur se font face. Plusieurs battements de cœur se succèdent dans le silence. Arthur hésite, avant de se lancer :

– Maintiens-tu ta version des faits ? Un homme va mourir, tout à l'heure, c'est très grave… Et quelle que soit l'issue du combat, la paix entre deux royaumes est menacée.

– Bien sûr que je maintiens ma version ! Comment peux-tu en douter ?

– Il y a peut-être eu un malentendu ? Un quiproquo ? Des paroles mal interprétées ?

Le visage de la magicienne prend la dureté et la froideur du marbre.

– Ton manque de confiance me consterne, lâche-t-elle. Et me blesse profondément.

Elle s'apprête à se retourner, mais Arthur pose la main sur son épaule.

– C'est bon, excuse-moi, soupire-t-il. Je défendrai ton honneur, comme promis. Nous sommes du même sang et je n'ai qu'une parole.

Morgane se force à sourire et hoche la tête.

– Je n'en attendais pas moins de toi, mon frère. Je suis sûre qu'avec Excalibur, ta puissante épée, tu sauras faire triompher la justice.

Tout en parlant, elle caresse la lame de légende. Soudain, une goutte perle de son index.

– Oups, quelle maladroite, je me suis coupée !

– Je vais appeler un…

– Non non, ce n'est rien, tout va bien. C'est juste une coupure de rien du tout.

La magicienne presse un mouchoir sur son doigt blessé. Aussitôt, le tissu se teinte de rouge.

– Tu es sûre ?

– Oui, ne t'inquiète pas pour moi, mon frère. Reste concentré sur le duel.

La jeune femme dépose un baiser sur la joue d'Arthur et quitte la pièce rapidement, comme pressée de se retrouver ailleurs. Le roi regarde la porte se refermer derrière elle. Pensif, troublé, il remet son épée au fourreau.

Chapitre 17

# Le tournoi

Morgane a rejoint la tribune royale et s'est assise à côté de la belle Guenièvre, dont la magnifique robe verte rehausse la chevelure auburn. Une fois n'est pas coutume, Arthur ne portera pas les couleurs de sa reine, mais celles de sa sœur, puisque c'est en son nom qu'il va ferrailler aujourd'hui. La magicienne sourit en son for intérieur.

– Vous êtes blessée ? s'inquiète Guenièvre en voyant sa voisine sucer son doigt rougi.

– Une simple égratignure, répond celle-ci.

En mêlant son sang à la lame d'Excalibur, elle vient de jeter un sort puissant à l'arme de son frère.

« Et, bien sûr, ce gros bêta ne se doute rien… »

Hier, son plan était compromis. Aujourd'hui, elle a réussi à reprendre le contrôle des événements.

« La pierre aux reflets de rubis sera bientôt à moi, d'une manière ou d'une autre ! »

Il y a beaucoup de va-et-vient sur le pont-levis du château. Citadins et campagnards se sont déplacés en masse pour assister aux joutes, aussi Merlin et Archie n'ont-ils aucune difficulté à se mêler au flot des curieux qui pénètrent dans l'enceinte sous l'œil distrait des gardes. Pourquoi ce moine à la capuche rabattue, un matou dans les bras, serait-il inquiété ? Et puis, de toute façon, il est impossible de contrôler tout le monde !

Une fois dans la grande cour, Merlin note qu'une partie du sol a été recouverte de sable pour amortir les chutes des futurs combattants. La tribune des hauts dignitaires se dresse à la moitié de cette longue bande sableuse appelée « lice ». Les nobles dames et leurs seigneurs prennent place dans les gradins en bois pendant que les citoyens ordinaires s'entassent derrière une corde tendue en bordure de la fameuse lice. Les oriflammes et les bannières chamarrées claquent au vent. Ces décorations donnent un air de fête aux lieux, mais les visages ne reflètent pas la joie qu'on serait en droit d'attendre d'un tel événement.

« Pourquoi ces têtes d'enterrement un jour de liesse ? » se demande Merlin.

Il comprend la raison de cette ambiance tendue quand il entend une spectatrice dire à sa voisine :

– J'espère que le roi sortira vivant du duel. J'ai très peur pour lui.

Arthur engagé dans un duel à mort ? Le cœur du magicien se cabre comme un mustang et un frisson glacé remonte le long de son échine. Il doit absolument empêcher cette folie !

Il miaule à l'oreille de son compagnon : « En haut de ma tour… c'est là qu'il y a les autres ingrédients pour la potion ! »

Archie opine. Il a compris.

Se frayant tant bien que mal un chemin parmi les badauds, le duo se dirige vers le fameux donjon bâti à l'angle des fortifications.

Morgane plisse le front et ses yeux s'étrécissent jusqu'à former deux fentes. Depuis la tribune royale, elle domine légèrement la foule et ce poste d'observation lui permet d'avoir une vue d'ensemble sur la cour.

«Que le diable m'emporte!» pense-t-elle, le cœur affolé.

Son regard vient de s'arrêter sur quelque chose, ou plutôt quelqu'un. Une silhouette noyée dans la masse.

La sœur du roi secoue la tête, abasourdie, mais non, elle n'a pas rêvé: ce gros chat blotti contre la poitrine de ce moine à la démarche bizarre… cette barbe blanche qui dépasse de la capuche… On dirait Merlin et sa boule de poils bien-aimée!

Son pire ennemi serait revenu se jeter dans la gueule du loup?

Soudain, des trompettes sonnent haut et fort. Le héraut d'armes annonce le début du tournoi. Le public applaudit et des ovations se font entendre au moment où le roi entre en lice, monté sur son destrier luxueusement harnaché. Les cris se transforment en sifflets hostiles et en huées lorsque Lord Kurgan, le Chevalier noir, sort à son tour des écuries. La pierre rouge brille sur le plastron de son armure sombre, pareille à un cœur scintillant. Les combattants viennent présenter leurs respects aux dames assises dans la tribune. Une fois rangés côte à côte, ils saluent.

– Que le meilleur gagne, dit la reine, une boule dans la gorge.

Bien sûr, chacun sait pour qui son cœur penche !

Le Chevalier noir rabat la visière de son heaume d'un coup sec. Pointue, celle-ci lui confère un profil de rapace. Arthur referme la sienne également. Il a le cœur lourd et c'est presque à regret qu'il accepte le foulard que lui tend Morgane. Il a beau faire de son mieux pour croire sa sœur, au fond de lui, le doute persiste…

Les deux cavaliers prennent place chacun à un bout de la lice. Au signal des trompettes, ils chargent, la lance de tournoi bien parallèle au sol. Les sabots de leurs montures font trembler la terre recouverte de sable. Bruit assourdissant. Cadencé.

Nobles et manants bloquent leur respiration juste avant le choc… qui est terrible !

Le craquement du bois retentit comme une détonation. Sous la force de l'impact, les lances se brisent sur la cage thoracique des deux hommes, projetant des échardes en tous sens. Les chevaliers vident les étriers dans un vacarme de batterie de cuisine entrechoquée. Le combat va se poursuivre à pied. Arthur est tombé sur les fesses. Lord Kurgan gît couché sur le dos, semblable à une grosse tortue retournée. Un écuyer apporte au roi sa chère épée Excalibur. Le Chevalier noir roule sur lui-même et se relève lourdement. Un autre écuyer arrive en courant et lui remet un fléau d'armes, manche en

bois auquel est accroché une chaîne lestée d'une lourde boule pleine de pointes.

Il va y avoir du sport !

Morgane se tient prête. C'est à elle d'agir, avec discrétion, à présent. L'air de rien, elle a glissé sa main droite sous ses cuisses et elle attend, le cœur battant, de voir si son sort va fonctionner. Quand Arthur lève Excalibur pour frapper, elle bouge son doigt entaillé à la manière d'une baguette magique. L'épée du roi se met à faire des moulinets, comme si elle était animée d'une vie propre. Les spectateurs émettent des murmures étonnés. On dirait que leur souverain a perdu le contrôle de son arme !

« Désolé, mon cher frère, mais j'ai tout intérêt à ce que tu perdes ce duel », pense Morgane.

Si le roi est vaincu, elle lui succédera sur le trône, car Arthur et Guenièvre n'ont pas d'héritier.

« Ensuite, je déclarerai la guerre à ce ridicule petit royaume du Nord et je m'emparerai de tous les biens de ces barbares… »

Et en particulier d'une certaine pierre rouge, bien entendu !

– Han !

Lord Kurgan a poussé un cri en se fendant d'une attaque vicieuse. La chaîne de son arme s'enroule autour de la lame d'Excalibur.

« Que se passe-t-il ? se demande Arthur. Mes mains refusent de répondre à mes ordres…

Ou alors?... C'est comme si ma fidèle épée me résistait! »

Le roi panique. Que faire?

Le Chevalier noir ramène tout vers lui d'un geste sec. Excalibur est projetée dix coudées plus loin. Guenièvre blêmit. Les sujets du roi lâchent des hoquets de stupeur et d'effroi. Des « ho » et des « ha » fusent de toutes parts.

Arthur est désarmé!

Morgane jubile. Son frère est fichu. Sans son épée chérie, il n'a aucune chance face à un guerrier tel que Lord Kurgan. La magicienne a gagné.

Mais il lui reste encore un adversaire à mettre hors d'état de nuire: Merlin, qui, contre toute attente, est revenu dans les parages. Morgane ne sait pas ce que le vieillard mijote, mais elle doit en avoir le cœur net.

Elle se lève en bredouillant:

– Je... je ne me sens pas très bien. Je ne peux pas voir ça!

La reine a du mal à masquer sa désapprobation.

– Tout de même… dit-elle. C'est pour toi qu'Arthur est en train de risquer sa vie !

– C'est trop dur, j'ai trop peur… Pardonne-moi.

Cette sensiblerie ne ressemble guère à Morgane, mais Guenièvre n'insiste pas et reporte son attention sur le duel, qui risque de virer au drame d'une seconde à l'autre.

Arthur voit la lourde boule hérissée de piquants fendre l'air. Il pare le coup avec le petit bouclier qu'un écuyer lui a apporté en catastrophe. Les pointes s'enfoncent dans le métal. L'impact fait vibrer le corps du roi jusque dans ses os ! D'un revers fulgurant, Lord Kurgan lui arrache sa protection des mains. Une fois de plus, le souverain se retrouve sans défense.

Morgane est descendue de la tribune. Elle interpelle une demi-douzaine de gardes en train de regarder le combat, captivés :

– Vous autres, avec moi !

– Hein ?

– Suivez-moi, c'est un ordre !

Les gardes lui emboîtent le pas. Quand la sœur du roi donne un ordre, on obéit !

De son côté, Merlin a retrouvé son environnement familier avec un soulagement immense. Rien n'a bougé depuis la dernière fois qu'il a mis les pieds dans son laboratoire-atelier : ses ustensiles, ses inventions bizarres… et surtout ses ingrédients !

Guidé par le magicien, Archie a réuni rapidement tout ce qui est nécessaire à la préparation de la potion : jus de carotte, salpêtre… Il mélange depuis cinq minutes la bouillie ainsi obtenue au creux d'une coupelle, remue, touille, avant d'ajouter la touche finale, c'est-à-dire la fameuse bave de crapaud-buffle !

« Maintenant, il faut boire, dit Merlin. Allez, vas-y, à toi l'honneur… »

Archie renifle le liquide. Ses narines se retroussent. Il grimace. Il n'a pas l'air très motivé.

« Dépêche-toi, le presse son maître à coups de miaulements irrités. On n'a pas que ça à faire ! »

Archie porte la coupelle à ses lèvres, quand, tout à coup, des cris de frayeur montent de la cour centrale. Il sursaute et lâche le récipient, qui se fracasse au sol. La flaque de liquide est avalée par le bois du plancher en quelques instants.

– MAAAOWWWW ! hurle Merlin.

(Insulte que la politesse la plus élémentaire nous empêche de traduire ici.)

Le magicien ne sait plus quoi faire. Il jette des regards paniqués autour de lui.

Il a besoin d'une idée, là, tout de suite !

Ses yeux passent en revue le fatras d'objets entassés pêle-mêle, les étagères pleines de sachets, de potions…

Sur l'étiquette d'une des fioles, on peut lire l'inscription « Kung-Fu Master ». Il montre cette fiole de la patte et miaule : « Archie, attrape la potion de mon ami, Maître Wushu ! »

# Chapitre 18
# Kung-Fu Merlin

Quand Merlin et Archie sortent de la tour, une mauvaise surprise les attend.

– Tiens tiens, lance Morgane sur un ton vipérin. Comme on se retrouve.

Accompagnée d'une escouade de soldats, la magicienne barre la route au duo.

Archie jette un regard plein de confiance à son compagnon poilu, l'air de dire «je m'en charge», puis il se met en garde, le dos droit, genoux pliés, jambes écartées et poings fermés.

Merlin hoche la tête et se campe sur ses quatre pattes, griffes sorties, tête rentrée, prêt à l'action.

– À quoi vous jouez, tous les deux? pouffe Morgane.

Les gardes rigolent, eux aussi, et leurs rires moqueurs redoublent quand une vibration, sorte de roucoulement aigu, monte de la gorge d'Archie:

– Rrrrroooouuuuu…

Morgane se tourne vers les soldats.

– Ce vieux fou a définitivement perdu les pédales, dit-elle. Arrêtez-le. Et attrapez aussi le chat, tant que vous y êtes!

Le chat bondit. Le «vieux fou» aussi.

– Yiiiaaahhh!

Suspendu entre ciel et terre, Archie tourne sur lui-même comme une toupie et fauche deux gardes d'un seul balayage de son pied. Les autres n'en reviennent pas! Par quelle magie ce vieillard a-t-il pu acquérir une telle agilité et une telle force? Merlin n'est pas en reste: son petit corps dodu fait du kung-fu, mais «version chat». Un saut vif, en apesanteur, et sa queue fouette l'air, giflant un garde. Ses pattes avant se déplient l'une après l'autre, comme s'il donnait une série de coups de poing à la chaîne. Des miaulements

aigus ressemblant à des « kaï kaï kaï » sortent de sa gueule à chaque impact.

Les membres de l'escouade encore debout reculent, effrayés. Morgane leur aboie dessus :

– Vous n'allez quand même pas vous laisser intimider par un vieux croûton et une stupide boule de poils ?!

Mais les gardes semblent paralysés.

Merlin en profite pour filer ventre à terre vers la foule. Les spectateurs sont captivés par le duel opposant le roi à Lord Kurgan, aussi personne n'a vu la bagarre entamée au pied de la tour.

Archie s'apprête à suivre son petit compagnon, mais Morgane se met en travers de son chemin, plus en colère que jamais.

– Tu ne passeras pas ! crie-t-elle en brandissant son bâton de magicienne.

Archie reste immobile durant une poignée de secondes, puis il se remet en position de combat, jambes écartées, genoux fléchis. Il roucoule, tel un pigeon qui vient d'apercevoir des miettes de pain. Sa main droite plonge dans son dos, sous la capuche.

Il en sort un nunchaku !

Lord Kurgan vise la tête de son adversaire. Arthur se baisse, mais il sent le déplacement d'air quand le fléau déchiquette le plumet au-dessus de son casque. Cris dans la foule. La reine lutte pour ne pas s'évanouir.

– Courage, mon beau sire ! lance-t-elle.

Ce cri semble galvaniser Arthur. Il évite l'assaut suivant d'un petit saut de côté. Emporté par son élan, le Chevalier noir a planté les piquants de sa boule dans le sol. Le roi bloque la chaîne en posant un pied dessus. De l'autre, il frappe son ennemi entre les deux jambes. Pas très élégant, mais efficace. Lord Kurgan tombe à genoux en couinant derrière la visière de son heaume. Le poing ganté d'Arthur s'abat sous la forme d'un crochet du droit qui fait voir trente-six chandelles au gros barbare.

La foule laisse éclater sa joie et Guenièvre se dresse en criant :

– Bravo bravo bravo !!!

Arthur a ramassé Excalibur et, cette fois, il arrive à la manier sans problème, comme d'habitude.

« Bizarre », pense-t-il.

Mais il sera toujours temps d'éclaircir ce mystère plus tard.

C'est armé de sa précieuse épée qu'il revient vers un Lord Kurgan allongé sur le dos, à moitié assommé. L'ambassadeur est à la merci du roi. Ce dernier soulève son arme, prêt à frapper.

Lord Kurgan relève la visière de son casque pour regarder son bourreau droit dans les yeux. La sueur lui fait cligner des paupières et colle des mèches de cheveux amalgamés sur son front humide.

– Faites ce que vous avez à faire, Sire, dit-il.

Sa voix ne tremble pas. Son regard est ferme. Seule cette plaque d'armure décorée de la pierre rouge et se soulevant au rythme de sa respiration hachée témoigne d'un semblant de peur.

La populace reste silencieuse. Tout le monde attend.

Arthur hésite. Excalibur paraît soudain bien lourde entre ses mains. La fatigue lui brouille la vue, et il a la nausée. Les règles du tournoi sont pourtant claires : pas de pitié pour les vaincus. Mais le doute s'est définitivement insinué dans son esprit. Merlin qui disparaît… Excalibur qui devient folle…

Et si Morgane avait menti ?

Merlin passe entre les jambes des spectateurs et franchit la corde en bordure de lice sans s'arrêter. Le voilà sur la piste recouverte de sable. Il aperçoit l'ambassadeur et le roi, un peu plus loin. Ce dernier est sur le point de donner le coup fatal.

– Maooowwww ! miaule celui qui ressemble à un chat en s'élançant aussi vite que ses petites pattes le lui permettent.

Arthur hésite encore, quand, tout à coup, une forme poilue saute sur le ventre de l'homme étendu au sol.

– Archimède ? lâche le roi sans parvenir à y croire.

Flottement dans le public. Les spectateurs ne comprennent plus rien. Que se passe-t-il ? Qui est ce matou grassouillet ?

Arthur, lui, a reconnu le chat de son vieil ami.

– Où est Merlin ? le questionne-t-il, le cœur battant.

L'animal essaie de se désigner lui-même de la patte. Le roi fronce les sourcils.

– Je ne comprends pas, dit-il.

– Ma-oh ! lance le félin.

Ce qui signifie «Je SUIS Merlin»… mais Arthur n'a toujours pas l'air de comprendre.

– Où est ton maître ?

Alors Merlin soupire et, tout en sautant sur place, il montre quelque chose qui se trouve derrière le public, de l'autre côté de la tribune. La foule se retourne. Incroyable : au pied du grand donjon, l'enchanteur est aux prises avec la sœur du roi.

Deux duels pour le prix d'un, c'est vraiment un sacré tournoi, aujourd'hui !

Les deux adversaires feintent et parent à un rythme soutenu. Bâton de magie et nunchaku virevoltent, sifflent dans les airs puis s'entrechoquent. Archie ponctue chaque assaut de petits caquètements. Morgane pousse des cris de rage pure. Elle attaque sous tous les angles et jette des rayons sans trouver une ouverture. Le vieillard semble partout et nulle part à la fois. Il est aussi vif et rapide qu'un guerrier de vingt ans !

Un attroupement s'est formé autour des combattants. Arthur écarte la foule en criant :

– Laissez-moi passer !

Il porte le chat de son meilleur ami dans ses bras.

– Merlin, Morgane ! s'exclame-t-il. Que signifie ce comportement insensé ?! Allez-vous m'expliquer, à la fin ?

Mais aucun des deux magiciens ne l'écoute.

Morgane écarte la tête juste à temps pour éviter l'une des poignées du nunchaku.

« Assez joué », pense-t-elle, folle furieuse.

Elle frappe directement Archie à la mâchoire du bout de son bâton, et celui-ci recule en titubant, étourdi. Il plisse les yeux, passe la langue sur sa lèvre qui saigne un peu, d'un petit coup sec, comme… un chat qui lape !

« Un chat ? »

Une idée foudroyante a jailli dans le cerveau de la magicienne.

« L'esprit du chat se trouve dans le corps de Merlin ? »

Cela expliquerait beaucoup de choses !

« Mais alors… où est l'esprit de Merlin ? »

Archie a bien senti le moment d'inattention dans le regard ahuri de la jeune femme. Elle est déconcentrée.

D'une brusque détente, le vieillard part en flip arrière. L'une de ses sandales touche Morgane sous le menton. Les spectateurs sursautent et poussent un cri de surprise d'une même voix. La magicienne bascule à la renverse. Sa tête cogne le sol pendant que son bâton rebondit sur les dalles de la cour. Soudain, la pierre verte incrustée à l'extrémité de celui-ci se brise en mille morceaux.

Un sifflement strident emplit l'air. Les traits des visages se tordent sous l'effet de grimaces. Hommes et femmes essaient de se boucher les oreilles, mais rien n'y fait : le sifflement leur vrille les tympans. La douleur est insupportable.

Une sorte de traînée fantomatique sort du crâne du vieux barbu. On dirait une écharpe de brume. Même chose pour son chat. Les deux âmes se croisent, puis chacune réintègre son corps d'origine en quelques secondes.

Et, sans transition, tout s'arrête. Plus de sifflement. Plus rien.

Les gens échangent des coups d'œil éberlués.

Le félin miaule et saute au sol pour rejoindre son maître en quelques bonds. Merlin secoue la tête et regarde autour de lui, un peu perdu, comme quelqu'un qui reprend connaissance petit à petit. Il caresse son matou affectueusement et murmure :

– Tout va bien, mon pépère.

Le roi explose littéralement :

– Merlin, tu me dois des explications ! Pourquoi avoir disparu pendant tout ce temps ?! Et pourquoi te battais-tu contre ma sœur ?!

Le magicien sourit. L'un de ses sourcils se plie en accent circonflexe.

– Sire, rigole-t-il. C'est une longue histoire…

# Épilogue

Une grande distribution de soupe a été organisée dans le centre de la ville. Les citoyens les plus pauvres font la queue pour recevoir leur part de nourriture. Chose incroyable, Arthur et Guenièvre se sont déplacés en personne et servent eux-mêmes le potage à leurs sujets ! Armés chacun d'une grande louche, ils plongent celle-ci dans d'énormes marmites fumantes qui exhalent une bonne odeur de poulet et de vermicelles.

– Merci, Sire.

– Merci beaucoup…

Les gens n'en reviennent pas. Ils prenaient le roi et la reine pour des personnages inaccessibles, des demi-dieux, et voilà qu'ils se mettent à leur portée et discutent avec eux comme s'ils les connaissaient depuis toujours.

Merlin se tient à côté des chaudrons. Il observe la scène avec un doux sourire de papi fier de sa progéniture, tout en caressant Archimède.

« Tout est bien qui finit bien », songe-t-il, satisfait de la tournure prise par les événements.

Interrogée par le roi en personne, Morgane a avoué ses crimes et ses diaboliques projets. Merlin l'a un peu aidée en lui faisant avaler une « potion de vérité ». Aussitôt, Lord Kurgan a été innocenté, et il conserve bien sûr sa précieuse pierre aux éclats de rubis. La paix est sauvée et l'accord commercial entre les deux royaumes a été signé.

Pour l'heure, la sœur d'Arthur croupit dans une cellule en attendant son jugement. Quel sera le verdict : la prison à vie ? L'exil ? Les galères ? Seul l'avenir le dira… Une chose est sûre, Morgane devra faire amende honorable.

Merlin, lui, savoure le moment présent.

« Quelle joie de voir mon ami de toujours renouer avec son peuple… »

Arthur n'a pas hésité une seconde lorsque son fidèle conseiller lui a demandé d'arrêter séance tenante les dépenses engagées dans le tournoi.

– Tout cet argent pourrait être mieux utilisé, a plaidé le magicien, qui avait déjà sa petite idée derrière la tête. Il faut que les choses changent, dans ce royaume !

Et, en quelques jours, les choses ont bien changé : Arthur a créé Les Gamelles du cœur (soupe et poule au pot pour tout le monde, gratuitement) et puis, à la demande expresse du magicien, les combats d'animaux ont été officiellement interdits !

En outre, Merlin a fait ses excuses à Dame Jocaste et la bibliothèque royale est en cours de rénovation.

Bref, tout est rentré dans l'ordre.

Enfin, presque tout… De temps en temps, le vieil homme a des réactions ou des sensations étranges, l'envie de se gratter derrière l'oreille avec le pied, par exemple. Malheureusement, il n'est pas assez souple pour ça. Parfois, la nuit, il fait des rêves troublants…

Il s'imagine dans la peau d'un chat, voit le monde avec des yeux de félin, respire les odeurs et entend les sons différemment... Puis il se réveille au petit matin, le dos en sueur, le cœur battant la chamade.

Merlin regarde Archie. Est-ce que le matou se rêve en humain quand il s'endort ? L'animal ronronne sous les caresses, en apparence paisible... mais comment savoir ce qui se passe sous son petit crâne ?

Arthur tire son conseiller de ses pensées :

– Merlin, mon ami, je ne te remercierai jamais assez...

– Pourquoi donc, Sire ?

Arthur montre les gens qui mangent et discutent sur la grand-place, le sourire aux lèvres.

– Pour tout ça. J'avais perdu le contact avec mes sujets.

– Oh, j'avais perdu ce lien, moi aussi, confie le vieil homme.

– Le pouvoir isole, acquiesce le roi. C'est une leçon que je vais essayer de retenir, je te le promets... Mais... Merlin, tu m'écoutes ?

Depuis une poignée de secondes, l'attention du magicien semble attirée par quelque chose…

Il a les yeux fixés au sol. Arthur suit son regard et tombe sur…

Une souris !

L'enchanteur passe sa langue entre ses lèvres. Un tic nerveux agite sa paupière gauche. Il tape du pied sur les pavés.

– Merlin ? s'inquiète le roi.

Le vieil homme se met à gronder sourdement. Ses narines s'agrandissent, comme ses yeux.

– Merlin ? répète Arthur.

– Maoooow ! répond le magicien en bondissant.

## L’Agence Pendergast

**Christophe Lambert**

Des monstres menacent la ville ? Une solution : l’Agence Pendergast !

Au pied de la statue de la Liberté se cache une organisation secrète très spéciale, l’Agence Pendergast. Ses super agents ont pour mission d’intercepter les créatures paranormales qui arrivent à New York dans le flot des migrants. Entre Joe, l’Indien cogneur, et Célia, la liseuse de cartes, la bande de l’Agence cherche à s’agrandir. Pourquoi pas avec ce jeune voleur des rues, pris la main dans le sac ? Filou et intrépide, Sean Donovan est la nouvelle recrue de M. Pendergast.

Mais encore faut-il qu’il fasse ses preuves... Chaparder les porte-feuilles des New-Yorkais n’est rien à côté des épreuves qui l’attendent !

*Le Prince des ténèbres*
Tome 1

*Le Monstre des égouts*
Tome 2

*La Sirène du Mississippi*
Tome 3

*Les Griffes de la forêt*
Tome 4

*Les Enfants de la Lune*
Tome 5

© Didier Jeunesse, Paris, 2021
13, rue de l'Odéon
75006 Paris
www.didier-jeunesse.com
Illustrations : Florent Sacré
Composition, mise en pages et photogravure : IGS-CP (16)
ISBN : 978-2-278-10058-3 • Dépôt légal : 0058/01
N° d'impression : 2103509
Loi n° 49-956 du 16 juillet 1949 sur les publications destinées à la jeunesse

Achevé d'imprimer en France, à Alençon, en août 2021 chez Normandie Roto Impression s.a.s., imprimeur labellisé Imprim'Vert, sur papier composé de fibres naturelles renouvelables, recyclables, fabriquées à partir de bois issus de forêts gérées durablement.